Clive Gifford

Mein großes Olympiabuch

arsEdition

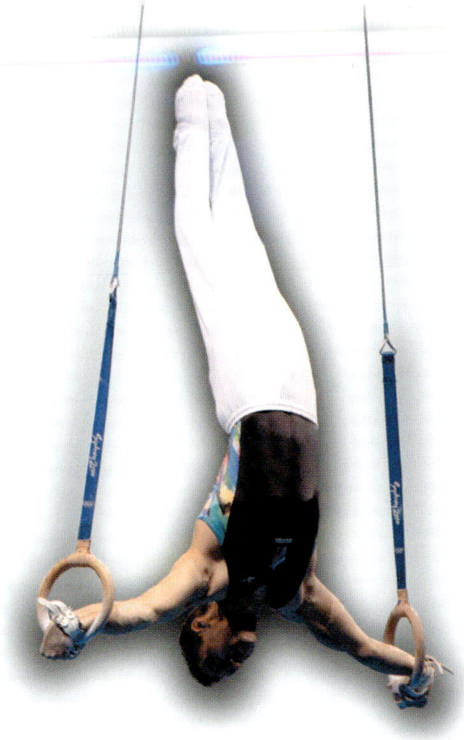

Bibliografische Information Der Deutschen Bibliothek
Die Deutsche Bibliothek verzeichnet diese Publikation
in der Deutschen Nationalbibliografie; detaillierte Daten sind
im Internet unter http://dnb.ddb.de abrufbar.

5 4 3 2 1 07 06 05 04

Titel der Originalausgabe: Olympics

Autor: Clive Gifford
Illustrationen: Julie Hartigan, Mike Buckley
Redaktion der Originalausgabe: Russell Mclean
Art Director: Mike Buckley
Design: Malcolm Parchment
Herstellungsleiter: Debbie Otter, Nancy Roberts
DTP: Sarah Pfitzner
Bildredaktion: Rachael Swann
Register: Sue Lightfoot

Aus dem Englischen von Andreas Hoffmann
Text für die Seiten 76 und 77: Andreas Hoffmann
Redaktion: Ina Schumacher
Textlektorat: Anne Emmert
Produktion: Detlef Schuller

ISBN 3-7607-4817-1

www.arsedition.de

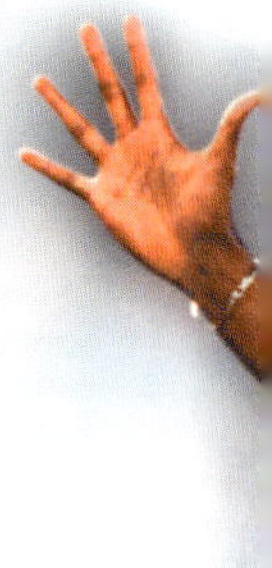

Bildnachweis
Der Verlag dankt den folgenden Personen und Einrichtungen für die Erlaubnis zur Wiedergabe des Bildmaterials. Es wurde alles unternommen, die Inhaber der Bildrechte ausfindig zu machen. Sollte dennoch ein Rechteinhaber nicht genannt sein, bittet der Originalverlag freundlichst um Mitteilung.

u = unten, M = Mitte, l = links, r = rechts, o = oben, Getty = Getty Images

Cover: o Empics; ol Empics; Ml Empics; ul Empics; M Empics; or Empics; Mr Empics; ur Empics; u Empics. Rückseite: ol Empics; Ml Empics; ul Getty; or Empics; Mr Getty.

1 Clive Brunskill/Getty; 2ol Empics; 2or Empics; 3ul Empics; 4ul Empics; 4or Getty; 4ur Empics; 4-5 Hauptbild Brent Bear/Corbis; 4-5M Getty; 5or Empics; 6Ml Musée Municipal Antoine Vivenel, Compiegne, France/Bridgeman Art Library; 6ul Getty; 6or Milos Bicanski/Getty; 6uM IOC/Getty; 6ur Rykoff Collection/Corbis; 7Ml IOC/Getty; 7or IOC/Getty; 7ul Gray Mortimore/Getty; 8ol Getty; 8ul Bettman/Corbis; 8-9M Empics; 9or Empics; 9ur IOC/Olympic Museum Collections; 10ol IOC/Olympic Museum Collections; 10Ml Empics; 10ul Getty; 10Mr Empics; 11ol Popperfoto.com; 11Ml IOC/Olympic Museum Collections; 11ul Popperfoto.com; 11ur Popperfoto.com; 12Ml Empics; 12or Getty; 12-13uM Getty; 13or Getty; 13Mr Getty; 14Mr Getty; 14ul Tom Hauck/Getty; 14-15oM Ross Kinnaird/Getty; 15Mr Tony Marshall/Empics; 15u Neal Simpson/Empics; 16Ml Getty; 16or Empics; 16ul Getty; 16-17M Getty; 17or Getty; 17u Getty; 18ol Getty; 18ul Empics/dpa; 18Mr Empics/dpa; 19ol Getty; 19Ml Tony Marshall/Empics; 19ur dpa/dpa (Empics); 20ol IOC/Olympic Museum Collections; 20M Empics; 20Mr Empics; 20ul Empics; 21M Empics; 21ol Empics; 21or Bettman/Corbis; 21ur Bettman/Corbis; 22ol Empics; 22ul Getty; 22ur Empics; 23or Empics; 23ul Empics; 23Mr Empics; 24-25oM Getty; 24Ml Empics/Alpha; 24ur Getty; 25ul Getty; 25ur Neal Simpson/Empics; 25or Getty; 26ol Empics; 26ul Empics; 26or Getty; 27or Getty; 27ul Getty; 28ol Getty; 28-29M Clive Brunskill/Getty; 29or Empics; 29ur Empics; 30Ml Getty; 30ur Empics; 31uM Empics; 32ul Empics; 32-33oM Getty; 33ul Empics; 33uM Empics; 33u Empics; 34ol Getty; 34ul Empics; 35or Getty; 35M Empics; 35ur Getty; 36ol Getty; 36Ml Empics; 37or Getty; 38ol Empics; 38ul Empics; 38-39oM Getty; 38M Empics; 39oMl Empics; 39oM Empics; 39or Empics; 39uM Getty; 40ol Getty; 40M Getty; 40Mr Getty; 40ul Empics; 41ol Getty; 41or Empics; 41Ml Popperfoto.com; 41ur Empics/DPA; 42ol Mike Hewitt/Getty; 42ul Jed Jacobsohn/Getty; 42M Neal Simpson/Empics; 42-43M Stuart Hannagan/Getty; 43or Empics/DPA; 43Mr Empics/Alpha; 43u David Cannon/Getty; 44ol Empics; 44Ml Getty; 45or Getty; 45Mr Getty; 45ul Getty; 45u Getty; 46 or Getty; 46Ml Neal Simpson/Empics; 46-47uM Empics; 47ol Empics/Scanpix; 47ur IOC/Olympic Museum Collections; 47or Getty; 48ol IOC/Olympic Museum Collections; 48Mr Popperfoto.com; 48M Getty; 48ul Empics; 48-49uM Getty; 49ol Empics; 49or Getty; 49ur Getty; 50ol Michael Steele/Empics; 50or Getty; 50-51M Getty; 51or Getty; 51Mr Getty; 52or Getty; 52ul Empics; 53or Empics/Alpha; 53Ml Getty; 53u Getty; 54or Getty; 54M Phil O'Brien/Empics; 55or Getty; 55ur Getty; 56Ml Empics; 56Mr Empics; 56uM Empics; 57ol Empics; 57M Empics; 57ul Getty; 57ur Getty; 58ol IOC/Olympic Museum Collections; 58or Getty; 58Mr Getty; 58ul Empics; 59ol Getty; 59Mr Getty; 59ul Getty; 59ur Getty; 60Ml Getty; 60or Empics/Scanpix; 60-61u Getty; 61or Getty; 61Mr Matthew Ashton/Empics; 62or Empics; 62ur Getty; 63ol Getty; 63M Empics; 63uM Empics; 63ur Getty; 64or Getty; 64Mr Getty; 64ul Getty; 64ur Getty; 65ol Empics; 65ul Getty; 66M Empics; 66Mr Empics; 67o Getty; 67Mr Empics; 67ur Empics; 67ul Getty; 68Mr Getty; 68ol Darren McNamara/Getty; 68-69M Adam Pretty/Getty; 69uM Clive Brunskill/Getty; 69or Getty; 70ol IOC/Olympic Museum Collections; 70ul Getty; 70ur Empics; 70-71M Empics; 71ol Empics; 71ur Empics; 72M Tony Duffy/Getty; 72Ml Getty; 72-73u Getty; 73or Rich Clarkson/Time Life Pictures/Getty; 74ul Hulton Archive/Getty; 74Mr IOC/Getty; 74ol Hamish Blair/Getty; 75Ml Tim DeFrisco/Getty; 75or Getty; 75ur Associated Press

Inhalt

Die größte Show der Welt

Alle vier Jahre versammeln sich in einer Großstadt auf einem der fünf Kontinente Tausende der weltbesten Spitzensportler, Zehntausende von Trainern, Mitarbeitern, Medienleuten und freiwilligen Helfern sowie Hunderttausende von Zuschauern. Ihr Ziel ist die größte Show der Welt: die Olympischen Sommerspiele.

▲ *Bei jeder Eröffnungsfeier lässt man Tauben als Symbol für den Frieden aufsteigen. Die Spiele sollen die internationale Völkerfreundschaft fördern.*

Die höchste Auszeichnung

Bei den Olympischen Spielen der Neuzeit messen sich nicht nur die weltbesten Athleten. Die Olympiade fördert auch die Völkerfreundschaft und soll helfen, politische und kulturelle Grenzen zu überwinden. Seit ihren verhältnismäßig bescheidenen Anfängen Ende des 19. Jahrhunderts ist die olympische Bewegung immer stärker geworden. Eine olympische Goldmedaille ist für die meisten Sportlerinnen und Sportler die höchste Auszeichnung.

▲ *Bei der Eröffnungsfeier marschiert Griechenland an der Spitze in das Stadion ein, dann folgen die Mannschaften der Nationen in alphabetischer Reihenfolge. Die Gastgeber bilden das Ende des Zuges.*

Das IOC

Das Internationale Olympische Komitee (IOC) ist für die Olympischen Spiele verantwortlich. Es entscheidet nach einem langwierigen Bewerbungsverfahren (siehe Seite 12), wo die nächsten Spiele abgehalten werden. Die Sommerspiele finden alle vier Jahre statt. Seit 1924 werden außerdem gesonderte Olympische Winterspiele veranstaltet, die in kleinerem Rahmen Sportarten wie Skifahren, Eiskunstlauf, Eisschnelllauf und Eishockey vorbehalten sind. Eine Olympiade beginnt mit einer Eröffnungsfeier, bei der alle Aktiven mannschaftsweise hinter der Fahne ihres Landes in das Stadion einmarschieren. Die Spiele werden von Menschen aus aller Welt begeistert verfolgt.

▶ *In den Rand des Kessels, in dem das olympische Feuer brennt, ist der von Henri Didon geprägte Wahlspruch eingraviert: »citius – altius – fortius« (lat. »schneller – höher – stärker«). Didon war ein Freund Pierre de Coubertins.*

▲ *Bei der Schlussfeier wird die olympische Fahne symbolisch an die nächste Gastgeberstadt weitergereicht und das olympische Feuer gelöscht. Der IOC-Präsident erklärt die Spiele für beendet.*

Vielfalt

An den ersten Olympischen Spielen der Neuzeit nahmen 1896 noch nicht einmal 250 Athleten aus 14 Ländern teil. Heute kommen über 10 000 Teilnehmer aus rund 200 Nationen zu den Olympischen Sommerspielen. Keine internationale Sportveranstaltung bietet eine solche Bandbreite an Sportarten, wie sie bei Olympia geboten wird. Im Lauf von meist 16 Tagen ringen die Athleten in 300 Disziplinen um den Sieg. Leichtathletik mit über 2000 und Schwimmen mit rund 1000 Teilnehmern stellen die beliebtesten olympischen Wettkämpfe. Darüber hinaus gibt es bei den Sommerspielen aber noch über 30 weitere Sportarten.

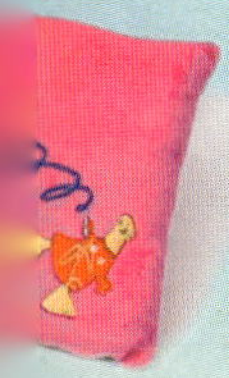

◀ *Olympia ist auch ein Riesengeschäft. Auf den meisten Merchandising-Artikeln prangen die Olympia-Maskottchen. Phevos und Athena, die beiden Maskottchen für 2004 in Athen, sind nach zwei griechischen Göttern des Altertums benannt.*

Schwere Geburt

Man kann sich heute nur schwer vorstellen, dass die olympische Idee mehrmals zu scheitern drohte. In den ersten Jahren besiegelten eine schlechte Organisation und fehlendes Zuschauerinteresse fast das Ende der Spiele. Erst 1912 kam in Stockholm der Durchbruch. Wegen der beiden Weltkriege musste die Olympiade dreimal ausfallen. In den Jahren 1976, 1980 und 1984 blieben viele Länder aus politischen Gründen den Spielen fern. Diese Boykotte schmälerten natürlich den sportlichen Wert der Wettkämpfe. Seit Seoul 1988 werden die Olympiaden kaum noch boykottiert und ihre internationale Geltung ist unbestritten.

Von der Antike zur Neuzeit

Seit Jahrtausenden messen sich die Menschen in Geschicklichkeits-, Schnelligkeits- und Kraftwettkämpfen. Die ersten Olympischen Spiele fanden wohl 776 v. Chr. im griechischen Olympia statt. Fast 1000 Jahre lang wurden die Spiele alle vier Jahre abgehalten, bis sie der römische Kaiser Theodosius I. verbot. Ende des 19. Jahrhunderts legte eine neue olympische Bewegung den Grundstein für die Olympischen Sommer- und Winterspiele der Neuzeit.

▲ Die Marathonläufer werden 2004 in Athen fast die gleiche Route zurücklegen wie der altgriechische Bote Pheidippides, der die Distanz zum ersten Mal bewältigte.

▲ *Im alten Griechenland traten die Athleten überwiegend nackt an. Frauen durften weder mitmachen noch zuschauen. Diese Keramik aus dem 5. Jahrhundert v. Chr. zeigt Athleten bei einem Laufwettbewerb.*

Die Spiele des Altertums

Alten Aufzeichnungen zufolge war der erste Olympiasieger ein junger Koch namens Coroebus. Er hatte den einzigen Wettbewerb der Spiele 776 v. Chr. gewonnen: den Stadionlauf über 192,28 Meter (das Stadion ist eine altgriechische Längeneinheit). Nach und nach kamen weitere Disziplinen hinzu, u. a. der Doppellauf *(diaulos)* über zwei Stadien (384,56 Meter), der Langlauf *(dolichos)*, der wohl über 20 oder 24 Stadien ging (3845,6 oder 4614,72 Meter), sowie Diskus- und Speerwurf, Boxen, Ringen, Weitsprung und Wagenrennen. Die Spiele des Altertums erfüllten einen religiösen Zweck. Während der Spiele galt eine Waffenruhe. Die Sieger wurden mit Lorbeer bekränzt und erlangten in ihrer Heimat großen Ruhm.

◀ *Baron Pierre de Coubertin begründete die olympische Bewegung der Neuzeit. Er glaubte fest, dass der Sport die Völkerfreundschaft befördern kann. Coubertin bekam 1928 den Friedensnobelpreis.*

Die ersten Spiele der Neuzeit

In den Achtzigerjahren des 19. Jahrhunderts hatte der französische Baron Pierre de Coubertin die Idee, die Spiele des Altertums wieder aufleben zu lassen. Nach Jahren unermüdlicher Lobbyarbeit gründete de Coubertin 1894 das Internationale Olympische Komitee (IOC). Die ersten Spiele der Neuzeit fanden 1896 in der griechischen Hauptstadt Athen statt. Nur 14 Natio-nen fanden sich zu den Spielen ein. Die Sieger erhielten eine silberne Medaille und einen Olivenzweig. Von den frühen Olympiaden bis zu dem internationalen Sportspektakel, das wir heute kennen, war es ein langer Weg.

▲ *Diese Postkarte zeigt das voll besetzte Panathenäische Stadion in Athen bei den ersten Spielen der Neuzeit. Der griechische Schafhirte Spiridon Louis (links) gewann den Marathonlauf und durfte den Einmarsch der Nationen bei der Schlussfeier anführen.*

Olympische Symbole

Im Jahr 1913 wurden die olympischen Ringe eingeführt; jeder der fünf ineinander verschlungenen Ringe steht für einen Kontinent. Indem man das Symbol auf einen weißen Grund setzte, schuf man ein Jahr später die olympische Fahne. Die Ursprünge des olympischen Feuers reichen bis zu den alten Griechen zurück; seit 1928 brennt es im Hauptstadion für die Dauer der Spiele. Bei der Eröffnungsfeier leistet ein Athlet stellvertretend für alle Teilnehmer den olympischen Eid: »Im Namen aller Teilnehmer verspreche ich, dass wir uns bei den Olympischen Spielen als loyale Wettkämpfer erweisen, ihre Regeln achten und teilnehmen im ritterlichen Geist zum Ruhme des Sports und zur Ehre unserer Mannschaften.«

◀ *Diese Fackel aus rostfreiem Edelstahl kam 1936 beim ersten olympischen Fackellauf in Berlin zum Einsatz.*

▲ *Die fünf Ringe stehen für die fünf Kontinente Afrika, Asien, Amerika, Australasien und Europa. Das Poster aus dem Jahr 1948 zeigt neben den olympischen Ringen einen Diskuswerfer aus dem alten Griechenland.*

Die Paralympischen Spiele

Nach dem Zweiten Weltkrieg erfuhr der Behindertensport einen enormen Auftrieb. Schließlich gelang es, Spiele für Behinderte einzurichten, die parallel zu den »normalen« Sommerspielen stattfinden. Auf dem Programm der Paralympischen Spiele stehen u. a. Leichtathletik, Schwimmen, Basketball, Fechten, Fußball, Gewichtheben und Judo. Die Startklassen innerhalb der einzelnen Sportarten richten sich nach Art und Grad der Behinderung. Die Paralympics sind in den letzten Jahren beständig gewachsen. Im Jahr 2000 in Sydney traten über 3800 Paralympioniken aus 122 Nationen an. Die Wettkämpfe verfolgten weltweit über 1,1 Millionen Zuschauer.

◀ *Paralympische Spiele von 1992 in Barcelona: Der englische Athlet Stuart Braye wartet beim 400-Meter-Lauf nach dem Kommando »Fertig!« auf den Startschuss. Er wurde mit einer Zeit von 60,92 Sekunden Dritter.*

Geschichte der Olympiade

776 v. Chr. Die ersten belegten Olympischen Spiele mit dem Stadionrennen.

708 v. Chr. Einführung des Fünfkampfes (Stadionlauf, Weitsprung, Diskuswurf, Speerwurf, Ringkampf)

393 n. Chr. Verbot der Olympischen Spiele durch den römischen Kaiser Theodosius I.

1870 Ausgrabung der antiken Wettkampfstätte in Olympia

1877 Pierre de Coubertin plant eine Wiederaufnahme der Olympischen Spiele

1894 Gründung des Internationalen Olympischen Komitees (IOC) in Paris

1896 Die ersten Olympischen Spiele der Neuzeit in Athen

1900 Teilnahme von Frauen bei einigen Wettkämpfen

1904 Erstmalige Vergabe von Gold-, Silber- und Bronzemedaillen

1908 Aufnahme von Wintersportarten ins Programm

1912 Erste Frauenwettkämpfe im Schwimmen und Wasserspringen

1913 De Coubertin entwirft die olympischen Ringe

1916 Absage der Spiele wegen des Ersten Weltkriegs

1920 Einführung des olympischen Wahlspruchs und des olympischen Eids

1924 Die ersten Olympischen Winterspiele in Chamonix

1928 Erste Entzündung des olympischen Feuers. Erste Frauen in der Leichtathletik

1936 Erster Fackellauf

1940 und **1944** Absage der Spiele wegen des Zweiten Weltkriegs

1960 Die ersten offiziellen Paralympischen Spiele in Rom

1968 Einführung von Dopingkontrollen

1976 Die ersten Paralympischen Winterspiele

1993 Eröffnung des Olympiamuseums in Lausanne

1994 Einführung eines Zweijahresrhythmus bei den Winter- und Sommerspielen

▲ *Der Hochsprung aus dem Stand, also ohne Anlauf, war von 1900 bis 1912 olympische Disziplin. Er war jedoch bei weitem nicht die abwegigste Disziplin! Die Spiele von 1900 in Paris warteten mit Taubenschießen auf lebende Tauben und einem 200-Meter-Hindernisschwimmen auf, bei dem auch geklettert und gelaufen werden musste.*

Alte und neue Sportarten

Welche Sportarten olympisch sind, ist nicht auf immer und ewig festgeschrieben: Sportarten werden gestrichen, andere neu aufgenommen. Bei den Olympischen Spielen von 1896 in Athen maßen sich die Teilnehmer in neun Sportarten. Bei der Heimkehr der Spiele nach Athen im Jahr 2004 werden es 28 verschiedene Sportarten mit 301 Disziplinen sein.

Ehemals olympische Disziplinen

Viele Sportarten und Disziplinen wurden im vergangenen Jahrhundert von der olympischen Liste gestrichen. Im Jahr 1908 gab es zum Beispiel Motorbootfahren; Seilklettern wurde 1896 olympisch und 1932 wieder aufgegeben. Bei einigen der eingestellten Sportarten handelt es sich um beliebte internationale Sportarten, z. B. Kricket (olympische Sportart im Jahr 1900), Golf (1900 und 1904) und Rugby (1900, 1904, 1920 und 1928). Andere Disziplinen wie z. B. Beidhändiges Diskuswerfen und Einarmiges Gewichtheben werden heute kaum noch ausgeübt. Viele Sportarten wurden mangels Publikumsinteresse eingestellt.

▼ *Tauziehen stand zwischen 1900 und 1920 fünfmal auf dem Programm der Olympischen Spiele. Hier ist zu sehen, wie Großbritannien bei den Spielen von 1920 in Antwerpen die USA schlägt.*

Demonstrationssportarten

Seit 1912 gibt es bei den Olympischen Sommerspielen auch Demonstrationssportarten. Ihre Vertreter betreiben auf der olympischen Bühne Werbung in eigener Sache, damit ihre Sportart bei späteren Spielen vielleicht als vollwertige Sportart aufgenommen wird. Manchmal nutzt die Gastgebernation auch die Möglichkeit, eine landestypische Sportart ins Rampenlicht zu rücken, z. B. American Football bei den Olympischen Spielen von 1932 in Los Angeles oder das in den Niederlanden und Belgien populäre Korfball, das 1920 und 1928 vorgestellt wurde. Im Jahr 1992 wurde in Barcelona Inlinehockey präsentiert.

Wie wird eine Sportart olympisch?

Eine Sportart kann nur olympisch werden, wenn sie nicht auf motorisiertem Antrieb beruht. Deshalb sind etwa Motorboot- und Autorennen ausgeschlossen. Die Sportart muss außerdem den olympischen Anti-Doping-Bestimmungen entsprechen. Nach Vorgaben des Internationalen Olympischen Komitees (IOC) muss eine Sportart, die ins olympische Programm aufgenommen werden soll, in mindestens 75 Ländern auf vier Kontinenten ausgeübt werden, wenn es sich um einen Männerwettkampf handelt, und in 40 Ländern auf drei Kontinenten bei einem Frauenwettkampf. Obwohl sie diesen Anforderungen genügen, sind etliche Sportarten nicht olympisch, z. B. Squash, Karate oder Golf, während andere, weniger populäre wie Schießen oder Griechisch-Römisches Ringen vertreten sind.

► *Mountainbike hatte 1996 bei den Spielen in Atlanta seinen ersten olympischen Auftritt. Der Wettbewerb, der über 40 bis 50 Kilometer (Männer) bzw. 30 bis 40 Kilometer (Frauen) geht und 1993 erstmals olympisch war, lockte sowohl in Atlanta als auch in Sydney große Zuschauermassen an.*

▼ *Der Deutsche Faissal Ebnoutalib und der Jordanier Mohammad Alfararjeh messen sich bei den Olympischen Spielen 2000 in der Kampfsportart Taekwondo. Sie wurde 1992 in Barcelona zum ersten Mal als Demonstrationssportart vorgestellt und im Jahr 2000 in den Rang einer olympischen Sportart erhoben.*

▲ *Die baskische Sportart Pelota wird in einem geschlossenen Court mit einem Ball und einem bogenförmig geschwungenen Schläger gespielt. Sie war nur im Jahr 1900 olympisch. In den Jahren 1924, 1968 und 1992 wurde sie als Demonstrationssportart präsentiert.*

Stockholm 1912

▲ *Auf dem offiziellen Plakat der Spiele von 1912 erinnerte ein nackter Athlet an die Reinheit der Spiele im alten Griechenland. Einige Staaten verboten das Plakat.*

Die ersten vier Olympischen Sommerspiele der Neuzeit waren noch ziemlich laienhaft organisiert. Im Jahr 1912 sorgte Schweden zum ersten Mal für fesselnde, gut organisierte Spiele. Über 2500 Athleten maßen sich in 102 Disziplinen. Bei einigen wenigen Rennen kam zum ersten Mal die elektronische Zeitnahme zum Einsatz. Der große Erfolg der Olympischen Sommerspiele von Stockholm ließ auch die achtjährige Zwangspause leichter überstehen, die danach durch den Ausbruch des Ersten Weltkriegs entstand.

▲ *Die Eröffnungsfeier im Stockholmer Olympiastadion, das 22 000 Zuschauer fasste. Das Gelände war eine Schenkung des schwedischen Königs Gustav V. Eine Lautsprecheranlage versorgte die Zuschauer erstmals mit Informationen.*

Globale Spiele

Obwohl die meisten der 28 Teilnehmernationen europäisch waren, kamen zu den Spielen von 1912 erstmals Wettkämpfer aus allen fünf Kontinenten. Japan nahm zum ersten Mal an den Olympischen Spielen teil. Australien und Neuseeland traten zum letzten Mal gemeinsam unter dem Namen »Australasien« an.

◀ *Hannes Kolehmainen gewinnt den 5000-Meter-Lauf. Der Finne war der erfolgreichste Läufer der Spiele: Er gewann auch das 10 000-Meter-Rennen und den Einzel-Geländelauf.*

Ausdauerdisziplinen

Das längste olympische Rennen aller Zeiten fand 1912 statt: Beim Radfahren ging das Einzelzeitfahren über sage und schreibe 320 Kilometer. Gewonnen wurde es von dem Südafrikaner Rudolph Lewis, der die Strecke in 10 Stunden, 42 Minuten und 39 Sekunden bewältigte. Das Halbschwergewichtsfinale im Griechisch-Römischen Ringen war ebenso aufreibend: Volle neun Stunden rangen der Finne Ivar Böhling und der Schwede Anders Ahlgren bis zur totalen Erschöpfung miteinander. Am Ende bekamen beide Ringer eine Silbermedaille.

◀ *Im Modernen Fünfkampf, der 1912 zum ersten Mal olympisch war, gingen Gold, Silber und Bronze an die drei hier abgebildeten schwedischen Teilnehmer. Der fünftplatzierte George Patton wurde im Zweiten Weltkrieg als US-General berühmt.*

◀ *Der amerikanische Athlet Jim Thorpe setzt beim Hochsprung über die Latte. Der Fünfkampf- und Zehnkampfsieger war der Star der Spiele.*

Der beste Athlet der Welt

Jim Thorpe mischte in einer Vielzahl von Sportarten ganz vorn mit, u.a. im American Football und im Lacrosse. Bei den Spielen von 1912 gewann er sowohl den Fünfkampf als auch den ersten olympischen Zehnkampf; beide Male brach er den Weltrekord. Seine Leistung im Zehnkampf war so herausragend, dass er mit seiner Gesamtpunktzahl von 8412 Zählern noch 1948 in London eine Silbermedaille errungen hätte. Im Jahr 1913 musste Thorpe seine Goldmedaillen zurückgeben, weil er semiprofessionell Baseball gespielt hatte. Erst 1983, 30 Jahre nach seinem Tod, gab man Thorpes Angehörigen die Medaillen zurück.

MEDAILLENSPIEGEL	G	S	B
USA	25	19	19
Schweden	24	24	17
Großbritannien	10	15	16
Finnland	9	8	9
Frankreich	7	4	3
Deutschland	5	13	7
Südafrika	4	2	0
Norwegen	4	1	4
Ungarn	3	2	3
Kanada	3	2	3

▲ *Zum letzten Mal wurden Medaillen aus massivem Gold vergeben. Heute sind die Goldmedaillen aus Silber und mit Feingold überzogen.*

Schwedische Eigenheiten

In Stockholm waren zum ersten Mal Frauen beim Schwimmen und Wasserspringen dabei (100 Meter Freistil, 4x100 Meter Freistil und Turmspringen). Es gab aber nur 5 reine Frauendisziplinen gegenüber 87 Männerdisziplinen. Ein Aufschrei ging durch die Fanreihen, als Boxen und Freistilringen vom olympischen Programm gestrichen wurden, weil sie in Schweden verboten waren. Die Spiele von 1912 waren dann auch die letzten, bei denen die Gastgebernation so viel Einfluss auf das olympische Programm nehmen durfte.

◀ *Start zu einem der Läufe im 100 Meter Freistil der Männer. Das Freibad wurde eigens für die Spiele von Stockholm erbaut. Gold ging bei diesem Wettbewerb an den Hawaiianer Paoa Duke Kahanamoku.*

◀ *Der Amerikaner Ralph Rose beim Einhändigen Kugelstoßen, bei dem er Silber holte. Das Beidhändige Kugelstoßen gewann Rose mit einem Wurf über mehr als 27 Meter.*

Die Ausrichtung der Olympiade

Die Ausrichtung einer Olympiade erfordert eine detaillierte Planung, gewaltige Investitionen und die Hilfe zahlreicher Freiwilliger. Da die Spiele einer Stadt oder Region aber viel Ansehen und Chancen zur Weiterentwicklung eröffnen, herrscht ein heftiger Wettbewerb um die Vergabe. Mindestens acht Jahre vor den entsprechenden Spielen beginnt eine Reihe von Städten damit, ihre Olympiabewerbung zu erarbeiten.

▲ *Die chinesische Hauptstadt Peking schlug für 2008 ihre Mitbewerber Osaka (Japan), Paris (Frankreich), Toronto (Kanada) und Istanbul (Türkei) aus dem Rennen.*

◀ *Jacques Rogge ist seit 2001 Präsident des IOC. Er vertrat Belgien bei den Olympiaden von 1968, 1972 und 1976 im Segeln.*

Der Kampf um den Zuschlag

Jede Stadt oder Region kann sich um Olympia bewerben, aber jedes Land darf jeweils nur einen Kandidaten ins Rennen schicken. Eine Stadt, die sich um die Spiele bewirbt, braucht erst einmal die Zustimmung des eigenen Staates, denn dieser muss für die Ausrichtung der Spiele gewaltige Investitionen erbringen. Zunächst bildet jede Stadt ein Bewerbungskomitee und erarbeitet eine ausführliche Präsentation. Mitglieder des IOC-Exekutivkomitees machen sich dann in den Bewerberstädten ein Bild darüber, ob sie geeignet sind, die Spiele auszurichten. Das IOC verschärfte Ende der Neunzigerjahre seine Statuten, nachdem bekannt geworden war, dass sich einige seiner Mitglieder mit Geschenken hatten bestechen lassen.
Im Auswahlverfahren scheiden einige Bewerber aus. Die Stadt, die in der Endabstimmung über 50 Prozent der Stimmen erhält, darf die Spiele ausrichten. Kommt keine absolute Mehrheit zustande, scheidet zunächst der Bewerber mit den wenigsten Stimmen aus. Anschließend wird erneut abgestimmt.

Planung und Organisation

Die Zahl der Zuschauer und Teilnehmer ist in den vergangenen Jahrzehnten enorm gestiegen. Eine Olympiastadt muss daher nicht nur den Sportlern, sondern auch den Hunderttausenden von Besuchern, die zur Olympiade kommen, Unterkünfte, öffentliche Nahverkehrsmittel und andere Dienstleistungen anbieten. Abordnungen aller Sportarten, die bei den Spielen auf dem Programm stehen, nehmen die Sporteinrichtungen in Augenschein, die die Gastgeberstadt zur Verfügung stellt. Darüber hinaus müssen Tausende von Mitarbeitern eingestellt und eingearbeitet werden.

Ein Wirtschaftsriese

Die erste Wettkampfstätte, die eigens für Olympische Spiele erbaut wurde, war 1908 das White-City-Stadion in London. Es kostete damals umgerechnet 57 000 Euro. Moderne Olympiasportstätten sind heute bis zu tausendmal teurer. Die Ausrichtung der Olympischen Sommerspiele kostet heute schätzungsweise 1,5 Milliarden Euro – die Kosten für neue Verkehrsverbindungen und andere städtische Einrichtungen noch nicht eingerechnet. Viele Städte sind auf Unterstützung durch ihre Regierung angewiesen. Im Fall der Spiele von 2004 in Athen werden wohl 15 Prozent der Kosten von der griechischen Regierung getragen. Manche Kritiker halten die Spiele für einen Luxus, den sich nur noch wenige Länder leisten können. Befürworter sagen, dass die Unterkünfte, Verkehrsverbindungen und Sporteinrichtungen später den Menschen vor Ort und den Besuchern zugute kommen.

▲ *Sponsoren- und Werbeverträge (oben) bringen ebenso wie der Kartenverkauf und das Merchandising Gelder für die Ausrichtung der Spiele ein. Das IOC verkauft die Fernsehrechte und andere Lizenzen. Sechzig Prozent dieser Einnahmen erhält das Nationale Olympische Komitee (NOK) der Gastgebernation.*

▶ *Die Athleten und ihre Betreuer waren im Jahr 2000 im olympischen Dorf von Sydney untergebracht. Der Stadtteil Newington bietet heute Hunderten von Menschen umweltfreundliche Wohnungen mit Solarstromanlagen.*

◀ *Für 2004 hat die griechische Regierung viele Millionen Dollar ausgegeben: für die Erweiterung der Athener U-Bahn, den Bau eines neuen internationalen Flughafens sowie rund 120 Kilometer neuer Straßen und für die Pflanzung von 250 000 Bäumen. Viele Sportstätten wurden neu errichtet, etliche saniert. Dieses Bild vom Tenniszentrum und dem Hauptstadion dahinter (beide noch im Bau) stammt aus dem August 2003.*

Segensreiche Spiele

In den letzten Jahren ist der Wettbewerb um die Ausrichtung der Sommerspiele immer schärfer geworden – aus gutem Grund: Als die weltgrößte Veranstaltung bieten die Olympischen Spiele der Gastgeberstadt und -nation eine ideale Gelegenheit, sich der Weltöffentlichkeit zu präsentieren. Auch nach den Spielen strömen Hunderttausende von Menschen, die die Wettkämpfe im Fernsehen verfolgt haben, als Besucher in die entsprechende Stadt oder Nation. Vor der Olympiade 1992 nahm Barcelona z. B. unter den beliebtesten europäischen Reisezielen Rang 16 ein. Im Jahr 1999 lag die Stadt auf Rang 3. Auch die Zahl der Australienbesucher stieg nach den Spielen von Sydney sprunghaft an; das Gleiche ist für Athen und Peking zu erwarten.

OLYMPISCHE TRÄUME

Athleten, die an Olympischen Spielen teilnehmen, bezeichnet man als Olympioniken. Dabei sein ist alles: Hauptziel vieler Sportler ist es, überhaupt in die Olympiamannschaft zu kommen. Viele Sportler haben als Kinder die Spiele am Fernsehen verfolgt und davon geträumt, es ihren Vorbildern einmal gleichzutun. Doch zwischen dem Traum und der Wirklichkeit liegen viele Jahre entbehrungsvoller Arbeit.

▲▶ *Die englische Langstreckenläuferin Paula Radcliffe verpasste 2000 in Sydney über 10 000 Meter knapp eine Medaille. Diese Enttäuschung hat sie angespornt, viele andere Rennen zu gewinnen. Radcliffe legt über das Jahr Hunderte von Trainingskilometern zurück.*

Training

Erfolgreiche Athleten müssen körperlich und geistig stark sein. Je nach Disziplin brauchen sie körperliche Eigenschaften wie Geschmeidigkeit, Ausdauer und Kraft oder auch die Fähigkeit, eine bestimmte Bewegung mit der gleichen Genauigkeit wiederholt auszuführen, so beim Bogen- oder Sportschießen. Talent allein garantiert aber noch keinen Erfolg. Die meisten Olympiateilnehmer trainieren das ganze Jahr über und absolvieren besondere Trainingsprogramme, die sie mit ihren Trainern erarbeiten. Das Training kann der Verbesserung der allgemeinen Fitness dienen, Kraft aufbauen oder beispielsweise die Beinschnelligkeit erhöhen.

▶ *Zwei Monate vor den Spielen von Sydney: Bei den US-Qualifikationswettkämpfen in Kalifornien verletzt sich Michael Johnson beim 200-Meter-Lauf der Männer.*

Die Olympianorm

Das IOC begrenzt die Anzahl der Teilnehmer mit einer Reihe von Normen. Wer beispielsweise an einer bestimmten Leichtathletikdisziplin teilnehmen will, muss erst die Qualifikationsnorm für diese Disziplin erreichen. Die Normen sind meist sehr hoch angesetzt. Doch nicht jeder, der die Norm erreicht, erhält automatisch einen Platz in der Olympiamannschaft. Zu den meisten olympischen Einzelwettkämpfen darf jedes Land nur zwischen einem und drei Athleten entsenden und zu den meisten Mannschaftssportarten nur ein Team. In vielen Ländern entscheiden daher Qualifikationswettkämpfe darüber, wer zu den Spielen fährt. Dabei kann es durchaus Überraschungen geben: Bei den amerikanischen Qualifikationswettkämpfen schieden im Jahr 2000 Maurice Green und Michael Johnson – damals die schnellsten 100- und 200-Meter-Läufer der Welt – beim 200-Meter-Lauf verletzt aus und durften daher nicht nach Sydney fahren.

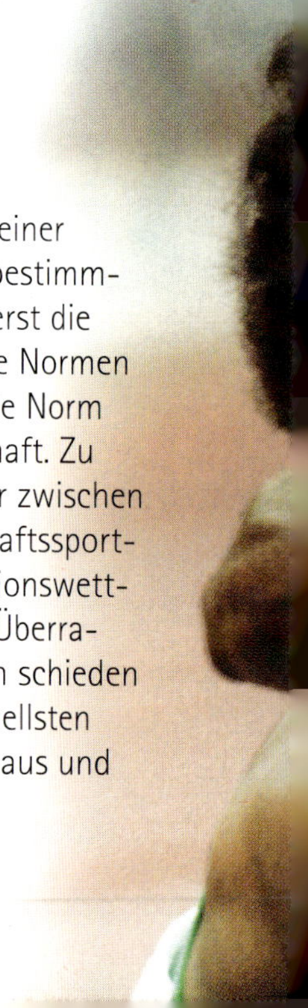

Amateure und Profis

Ursprünglich wurden die Olympischen Spiele als Wettbewerb für Amateursportler angelegt, die für die Ausübung ihres Sportes kein Geld erhalten. Profis oder Halbprofis – also Sportler, die mit dem Sport Geld verdienen – wurden ausgeschlossen. In letzter Zeit hat sich das geändert. Viele der Wettkämpfer, die 2000 in Sydney antraten, waren Profis. Auch Profisportarten wie Tennis und Baseball wurden zugelassen. Die Spitzenathleten vieler olympischer Sportarten können heute hauptberuflich trainieren oder spielen. Dadurch haben sie auch Zugriff auf die besten Trainingseinrichtungen, Trainer und medizinischen Betreuer. Es gibt aber noch viele Olympioniken, die als Amateure größte Opfer bringen, nur um an den Wettkämpfen teilzunehmen. Diese Sportler trainieren in ihrer Freizeit; manch einer bezahlt die Kosten der Olympiateilnahme sogar aus eigener Tasche.

Gewinner und Verlierer

Für viele Olympioniken ist Dabeisein alles. Auf jeden Olympioniken, der den Sprung ganz oben auf das Treppchen schafft, kommen unzählige, die ohne Medaille wieder nach Hause fahren. Selbst wer vor den Spielen in seiner Disziplin Weltbester war, muss nicht unbedingt gewinnen. Der besondere Reiz der Spiele liegt in den Überraschungsergebnissen und den Glanzleistungen weniger bekannter Athleten. Verletzungen, Formtiefs oder eine schlechte Tagesform können Favoriten scheitern lassen. Denjenigen, von denen man gute Leistungen erwartet hat, tut ein Versagen besonders weh. Eine Niederlage spornt aber auch an, härter zu trainieren und es beim nächsten Mal besser zu machen.

▲ *Bei der Eröffnungsfeier die Fahne für die eigene Nation tragen zu dürfen, ist eine große Ehre.*

▼ *Barcelona 1992: Das nigerianische Team der 4x100-Meter-Staffel freut sich über die Bronzemedaille.*

Hinter den Kulissen

Die Olympischen Spiele leben von den Athleten und den Zuschauern. Doch ohne die vielen tausend Helfer geht in der Olympiastadt gar nichts: Unzählige Mitarbeiter wirken hinter den Kulissen mit – IT-Experten und Nachrichtentechniker, Journalisten und Kameraleute, Trainer und medizinische Betreuer, Kampfrichter, ein ganzes Heer von Reinigungskräften und nicht zu vergessen viele tausend freiwillige Helfer, die ihre Freizeit für die Spiele opfern.

▲ *In Sydney waren die freiwilligen Helfer an ihrer farbenfrohen Uniform zu erkennen. Auf 47 000 Stellen hatten sich über 75 000 Menschen beworben.*

◀ *Sydney 2000: Im Finale des 1500-Meter-Laufs der Frauen wird die Amerikanerin Suzy Favor Hamilton von einem Arzt medizinisch versorgt. Sie ist kurz vor der Ziellinie gestürzt. Während des Rennens hatte sie schon unter Flüssigkeitsmangel gelitten.*

Trainer und Betreuer

Zu den Olympiamannschaften großer Teilnehmernationen wie den USA, Russland, Deutschland, China oder Australien gehören Hunderte von Offiziellen, Trainern und Ärzten sowie Betreuern und Technikern. Diese Leute, die meist im Hintergrund bleiben, organisieren die Wettkämpfe und stellen sicher, dass jeder Olympionike in Bestform und seine Ausrüstung in gutem Zustand ist. Viele Athleten haben eine enge Beziehung zu ihren Trainern. Ein Trainer berät seinen Schützling in Fragen der Technik und holt alles aus ihm heraus. Mit einem genau abgestimmten Trainingsprogramm sorgt er dafür, dass der Sportler zur richtigen Zeit den Höhepunkt seiner Formkurve erreicht.

◀ *Frauenwasserball: Im Endspiel in Sydney gibt der Trainer der amerikanischen Mannschaft seinen Spielerinnen in einer Pause Anweisungen. Die Amerikanerinnen verloren 3:4 gegen Australien.*

Die freiwilligen Helfer

In Sydney wirkten 47 000 mit, in Athen werden es 60 000 sein: Die Rede ist von den freiwilligen Helfern, die ihre Freizeit opfern, um bei der Abwicklung der Spiele mitzuhelfen. Freiwillige halten nicht nur die Kosten der Olympiade niedrig – über ihre Arbeit identifizieren sich die Menschen vor Ort auch mit den Spielen. Die Freiwilligen weisen Athleten, Offiziellen und Besuchern den Weg, geben ihnen Auskunft, treten als Dolmetscher, Begleiter, Fahrer und Kampfrichter in Aktion. Die Stellen für freiwillige Helfer werden schon Jahre vor den Spielen ausgeschrieben. Die Bewerber werden sorgfältig ausgewählt und intensiv auf ihre jeweilige Aufgabe vorbereitet. Ihre Begeisterung und die Wärme, mit der sie die ausländischen Besucher empfangen, sind wichtige Bestandteile der olympischen Idee.

▶ *Bei jeder Olympiade stellen Kampfrichter sicher, dass die Regeln eingehalten werden. Hier erfährt der Engländer Linford Christie im 100-Meter-Finale im Jahr 1996 in Atlanta, dass er nach zwei Fehlstarts disqualifiziert worden ist.*

▼ *Der Kubaner Anier Garcia wird 2000 nach seinem Sieg im Endlauf über die 110 Meter Hürden von Fotoreportern und Kameraleuten umringt. In Sydney berichteten über 15 000 Journalisten in Wort und Bild über die Wettkämpfe. Die Spiele wurden live in 200 Länder auf allen Kontinenten übertragen.*

Das größte Hotel der Welt

Im olympischen Dorf leben, essen und treffen sich während der Spiele die meisten Wettkämpfer und Offiziellen. Es ist eine Mammutaufgabe, 16 000 Menschen unterschiedlichster Herkunft, Religion und Weltanschauung Kost und Logis zu bieten. Bei den Spielen 2000 in Sydney wurden 350 Tonnen Obst und Gemüse, 82 Tonnen Fisch, 100 Tonnen Fleisch und 3 Millionen Einheiten Erfrischungsgetränke verbraucht. 450 Köche bereiteten rund um die Uhr Hunderte verschiedener Mahlzeiten zu. Dabei mussten die Ernährungsgewohnheiten und Vorlieben der Athleten aus unterschiedlichsten Kulturen berücksichtigt werden.

Die meisten Olympioniken fühlen sich im olympischen Dorf wohl, weil sie dort Athleten aus anderen Sportarten und anderen Ländern kennen lernen.

▶ *Im olympischen Dorf bieten alle möglichen Einrichtungen den Athleten Annehmlichkeit und Zerstreuung – vom Aromatherapiezentrum bis hin zur Videospielhalle. Hier ist das Internet-Center im olympischen Dorf von Sydney zu sehen, in dem die Athleten und ihre Betreuer im Internet surfen und E-Mails schreiben konnten.*

▲ *Dem koreanischen Boxer Byun Jong-Il wurden 1988 wegen eines Kopfstoßes zwei Punkte abgezogen. Aus Protest machte er einen Sitzstreik: 67 Minuten lang blieb er im Ring sitzen.*

Olympische Albträume

Obwohl sie Frieden und Eintracht fördern sollen, haben die Olympischen Spiele auch schon dunkle Stunden erlebt. Manchmal ist der Wunsch nach Erfolg oder die Enttäuschung über eine Niederlage so mächtig, dass Wettkämpfer zu Mitteln wie Betrug, Protest und sogar Gewalt greifen. Wieder andere setzen ihre Karriere oder sogar ihr Leben aufs Spiel, indem sie unerlaubte Mittel einnehmen, um ihre Leistung zu steigern.

Lug und Betrug

Betrügereien, Täuschungen und Ergebnismanipulationen durch Wettkämpfer gab es immer. Im Jahr 1904 hatte Fred Lorz, der im Marathon als Erster über die Ziellinie ging, 17,5 der 42 Kilometer per Anhalter zurückgelegt. Kampfrichterentscheidungen sorgten hin und wieder für Unmut. So wurden 1968 in Mexiko beim Boxen mehr als ein Dutzend Kampf- und Ringrichter wegen Unfähigkeit von ihrer Aufgabe entbunden. Im Jahr 1976 manipulierte der Moderne Fünfkämpfer Boris Onischenko aus der Sowjetunion seinen Degen so, dass ein Treffer angezeigt wurde, wenn er auf einen Knopf unter seinem Dress drückte.

▲ *Montreal 1976: Der Degen Boris Onischenkos wird untersucht, nachdem der Engländer Jim Fox Protest eingelegt hat. Onischenko, der vier Jahre zuvor im Modernen Fünfkampf Silber geholt hatte, wurde anschließend gesperrt.*

Schlechte Verlierer

Die meisten Olympioniken nehmen eine Niederlage mit Sportsgeist hin, einigen jedoch gelingt das nicht. Manchmal kommt es zu wütenden Protestaktionen. In Atlanta etwa warf der englische Sprinter Linford Christie 1996 im 100-Meter-Finale seine Laufschuhe in eine Mülltonne, nachdem er wegen zweier Fehlstarts disqualifiziert worden war. Im Jahr 1972 verlor Pakistan das Hockey-Endspiel knapp mit 0:1 gegen die Bundesrepublik Deutschland. Daraufhin übergossen einige Pakistani den Präsidenten der Internationalen Hockeyföderation mit Wasser und trampelten auf ihren Medaillen herum. Dafür wurden sie für zukünftige Olympische Spiele gesperrt.

◀ *Wasserball-Halbfinale 1956, Ungarn gegen die Sowjetunion: Nachdem die Sowjets ein paar Wochen zuvor in Ungarn einmarschiert waren, sprang das vergiftete Klima zwischen den beiden Ländern in das Becken über. Die Gegner begannen miteinander zu raufen. Das Spiel wurde beim Stand von 4:0 für Ungarn abgebrochen und Ungarn zum Sieger erklärt. Die ungarischen Spieler mussten das Schwimmbad unter Geleitschutz verlassen.*

▲ *Knut Jensen (Mitte), ein 23-jähriger Radfahrer aus Dänemark, fiel 1960 in Rom eine Stunde nach Rennbeginn vom Rad und starb. Todesursache war eine Überdosis Amphetamine, die das Herz schneller schlagen lassen und die Atmung beschleunigen.*

Dopingmittel

Doping definiert das IOC als »die Verwendung von Substanzen aus verbotenen Wirkstoffgruppen und die Anwendung verbotener Methoden zur Leistungssteigerung«. Es gibt viele verschiedene verbotene Substanzen, darunter die anabolen Steroide, die das Muskelwachstum fördern. Dopingmittel sind verboten, weil sie Sportlern einen unfairen Vorteil verschaffen und, was noch wichtiger ist, weil sie höchst gesundheitsschädlich sind. Nimmt man zum Beispiel anabole Steroide über einen längeren Zeitraum ein, kann das zu dauerhaften Leber-, Herz- und Nierenschäden, Depressionen und unkontrollierten Aggressionen führen.

◀ *Im Jahr 2000 wurden die drei Bulgaren Sewdalin Mintschew (Bild), Iwan Iwanow und Isabella Dragnewa positiv auf Diuretika getestet und mussten ihre Medaillen zurückgeben. Die Diuretika sind Entwässerungsmittel; sie verringern das Körpergewicht und verdecken andere Dopingvergehen.*

Dopingkontrollen

Dopingkontrollen erprobte das IOC erstmals 1968 in Mexico City; vier Jahre führte später es sie offiziell ein. Am Anfang konnten die Sportler bei Kontrollen leicht mogeln. Heute sind die Tests wesentlich ausgereifter. Wenn ein Sportler positiv auf verbotene Substanzen getestet worden ist, zieht das ein Dopingverfahren oder sogar ein Gerichtsverfahren nach sich. Dass ständig neue Mittel entwickelt werden, erschwert die Dopingkontrollen. Das IOC und andere Organisationen haben daher 1999 die Welt-Anti-Doping-Agentur (WADA) gegründet. Wettkämpfern droht für wiederholte Dopingvergehen eine lebenslange Sperre. Trotzdem wird das Katz-und-Maus-Spiel zwischen Dopingsündern und Behörden wohl noch viele Jahre lang weitergehen.

▲ *Der schlimmste Vorfall der olympischen Geschichte ereignete sich 1972 in München. Mitglieder der palästinensischen Terrorgruppe »Schwarzer September« nahmen elf Mitglieder der israelischen Mannschaft als Geiseln und ermordeten sie. Nach einer Gedenkfeier (oben) beschloss man, dem Terrorismus nicht nachzugeben und die Spiele fortzusetzen.*

Berlin 1936

Deutschland wurden die Sommerspiele 1931 zugesprochen, kurz bevor die Nazis unter Adolf Hitler die Macht ergriffen. Hitler missbrauchte die Spiele, seinen Glauben an die »rassische Überlegenheit« des deutschen Volkes massenwirksam zu verbreiten. Nazi-Symbole waren allgegenwärtig, Journalisten und Offizielle wurden von der Geheimpolizei überwacht, jüdische und farbige Sportler in den Medien verunglimpft. Allerdings waren die Sportanlagen in Berlin die bis dahin besten aller Zeiten.

▲ *Auf dem offiziellen Plakat der Olympiade von 1936 war die Quadriga des Brandenburger Tors abgebildet. Das Plakat gab es in 19 Sprachen.*

► *An der Eröffnungsfeier im Berliner Olympiastadion nahm auch Adolf Hitler teil, der seit 1933 Reichskanzler war. 4066 Athleten aus 49 Nationen maßen sich in 129 Disziplinen. Mehr als viereinhalb Millionen Eintrittskarten wurden verkauft.*

◄ *Der griechische Läufer Konstantin Kondylis schrieb Sportgeschichte, als er zum ersten olympischen Fackellauf der Spiele der Neuzeit aufbrach. Der Lauf wurde in Griechenland gestartet. Ungefähr 3000 Läufer trugen die Fackel 3075 Kilometer weit durch sieben Teilnehmerländer nach Berlin.*

MEDAILLENSPIEGEL	G	S	B
Deutschland	33	26	30
USA	24	20	12
Ungarn	10	1	5
Italien	8	9	5
Finnland	7	6	6
Frankreich	7	6	6
Schweden	6	5	9
Japan	6	4	8
Niederlande	6	4	7
Großbritannien	4	7	3

Innovative Spiele

Weil die Olympischen Spiele von Berlin von der Nazi-Propaganda überschattet wurden, übersieht man oft, dass sie hervorragend organisiert waren. Es gab viele Neuerungen, z. B. den ersten Olympischen Fackellauf und eine verlässlichere Zeitnahme. Die Berliner Spiele waren die ersten, die vom Fernsehen übertragen wurden. In Fernsehstuben, die man in Berlin eingerichtet hatte, konnten die Menschen die Ereignisse live mitverfolgen, und die Wochenschauen gelangten rasch in andere europäische Hauptstädte. Kanusport, Basketball und Handball feierten in Berlin Olympia-Premiere, während Polo zum letzten Mal auf dem Programm stand. Die Turnwettkämpfe waren stark erweitert worden und wurden von zwei beliebten deutschen Medaillenjägern beherrscht: Konrad Frey gewann drei Gold-, eine Silber- und zwei Bronzemedaillen, Alfred Schwarzmann dreimal Gold und zweimal Bronze.

◀ *Jesse Owens übernimmt beim 4x100-Meter-Staffellauf den Stab. Das Team der USA gewann Gold und brach mit einer Zeit von 39,8 Sekunden den Weltrekord.*

▶ *Owens im Gespräch mit Luz Long, der ihm bei den Spielen half und später im Zweiten Weltkrieg fiel. Owens sagte einmal: »Würde man alle Medaillen und Pokale, die ich errungen habe, einschmelzen, könnte man die 24-karätige Freundschaft, die ich für Luz Long empfinde, nicht einmal mit einer Goldschicht überziehen.«*

Ein-Mann-Olympiade

Wenige internationale Sportereignisse sind so sehr von einem einzigen Sportler beherrscht worden wie die Berliner Spiele von dem farbigen Amerikaner Jesse Owens. Der Sohn eines armen Farmers hatte bereits im Jahr zuvor an einem einzigen Nachmittag fünf Weltrekorde gebrochen und einen sechsten eingestellt. Trotz starker Konkurrenz enttäuschte Owens auch in Berlin nicht. Er wurde zum Publikumsliebling und zerstörte Hitlers Hoffnungen, dass die Spiele die Überlegenheit der »arischen Herrenrasse« demonstrieren würden. Owens gewann Gold im 100-Meter-Lauf, im 200-Meter-Lauf und in der 4x100-Meter-Staffel. Seine härteste Prüfung musste er beim Weitsprung bestehen, als er nach zwei ungültigen Sprüngen kurz vor dem Ausscheiden stand. Sein Hauptkonkurrent, der Deutsche Luz Long, stand ihm aber mit Rat und Tat zur Seite. Owens gewann dadurch vor Long, der Silber errang, seine vierte Goldmedaille.

▲ *Basketball war 1936 zum ersten Mal olympisch; damals spielte man noch im Freien. Hier bestreiten die Philippinen und Mexiko eine Erstrundenbegegnung. Den Wettbewerb gewannen schließlich die USA.*

▶ *Die Amerikanerin Marjorie Gestring war erst 13 Jahre und 9 Monate alt, als sie Gold im Kunstspringen der Frauen gewann. Bis heute war keine Einzelgoldmedaillengewinnerin in der Geschichte der Olympischen Sommerspiele jünger.*

Gold-Rekorde

Im Schwimmbecken gewann die Dänin Inge Sørensen eine Bronzemedaille über 200 Meter Brust. Mit 12 Jahren war sie die jüngste Olympiamedaillengewinnerin aller Zeiten. Der Star der Schwimmwettkämpfe war ein 17-jähriges holländisches Mädchen: Hendrika »Rie« Mastenbroek errang dreimal Gold und einmal Silber. Ungarn belegte im Medaillenspiegel einen überraschenden dritten Rang. Im Fechten führte Kabos Endre, der 24 seiner 25 Kämpfe gewonnen hatte. Zu Ungarns siegreicher Wasserballmannschaft gehörte Olivier Halassy – ihm war nach einem Straßenbahnunfall ein Unterschenkel amputiert worden!

Die Sprintrennen

Im Stadion fiebert das Publikum dem 100- und dem 200-Meter-Lauf wohl am heftigsten entgegen. In Qualifikations- oder Vorläufen wird ermittelt, welche acht Athleten jeweils im Endlauf an den Start gehen. Wenn sich die Konkurrenten dann dehnen und konzentrieren, in die Startblöcke knien und auf den Startschuss vorbereiten, knistert geradezu die Luft. Lange Jahre des Trainings steuern auf den dramatischen Höhepunkt zu: die alles entscheidenden zehn oder zwanzig Sekunden.

▲ *Bei den 100-Meter-Vorläufen in Atlanta: Die Läufer schnellen aus ihren Startblöcken. Sie müssen sich erst in mehreren Vorläufen für das Finale qualifizieren, das von acht Athleten bestritten wird.*

▼ *Bei dem für die Sprintrennen typischen Tiefstart geht der Sportler zu seinem Startblock, kauert sich nieder und konzentriert sich auf die Strecke (1). Beim Kommando »Fertig!« hebt er das Gesäß und wartet auf den Startschuss (2).*

▲ *Nach dem Startschuss schnellt der Sportler aus dem Startblock (3) und beschleunigt mit kurzen, kräftigen Schritten (4), bis er seinen Rhythmus gefunden hat. Die Höchstgeschwindigkeit erreicht er nach der Hälfte der Distanz. Danach geht es darum, gegen die Erschöpfung anzukämpfen, locker zu bleiben und die ideale Körperhaltung und Schrittfrequenz beizubehalten.*

Staatangehörigkeit: *Niederländisch*
Spiele: *Berlin 1936, London 1948, Helsinki 1952*
Disziplinen: *100 Meter, 200 Meter, 4 x 100-Meter-Staffel, 80 Meter Hürden, Hochsprung*
Medaillen: *Achtmal Gold*

Sekundenbruchteile

Besonders wichtig ist eine verlässliche Zeitnahme bei den Sprintrennen. Die elektronische Zeitmesseinrichtung ist mit der Startpistole verbunden; beim Startschuss wird die Uhr in Bewegung gesetzt. Wenn sich ein Läufer vor dem Schuss bewegt oder gar den Startblock verlässt, so gilt das als Fehlstart, und das Rennen muss erneut gestartet werden. Manche Sprintrennen gehen so eng aus, dass Wettkampfrichter anhand eines Fotos vom Zieleinlauf entscheiden müssen, wer gewonnen hat; man spricht dann von einem »Fotofinish«. Bei der Olympiade von 1992 lagen im 100-Meter-Finale der Frauen die Amerikanerin Gail Devers und die zweitplatzierte Jamaikanerin Juliet Cuthbert eine Hundertstelsekunde auseinander!

▲ *Ein Foto vom Zieleinlauf ist oft die einzige Möglichkeit, den Sieger zu ermitteln. Der Läufer muss mit einem Teil seines Rumpfes (Hals, Kopf, Arme, Beine, Hände oder Füße nicht berücksichtigt) die Ziellinie überquert haben.*

Die Geschichte der Sprintrennen

Sieger des ersten 100-Meter-Laufs der Olympischen Spiele der Neuzeit war der Amerikaner Thomas Burke, der die Strecke in zwölf Sekunden schaffte. Im Lauf der Jahre wurden Trainingsmethoden, Technik, Schuhe und Kleidung ständig verbessert. Das führte dazu, dass die Läufer immer schneller wurden. Bei der Olympiade von 1968 in Mexiko gewann der Amerikaner James Hines als Erster den 100-Meter-Lauf in einer Zeit unter 10 Sekunden: 9,95 Sekunden. Frauen nahmen 1928 zum ersten Mal an Sprintrennen teil. Im Jahre 1948 widerlegte Fanny Blankers mit vier Goldmedaillen alle Kritiker, die behauptet hatten, sie sei mit 30 Jahren zu alt für das Laufen. Sie war auch die erste Olympiasiegerin mit Kind.

▲ Der griechische Sprinter Konstantinos Kenteris freut sich über seinen triumphalen Sieg im 200-Meter-Finale (2000 in Sydney). Kenteris setzte seine Erfolgsserie mit einer Goldmedaille bei der Leichtathletik-WM 2001 fort und wurde 2002 Europameister über 200 Meter.

Der 200-Meter-Lauf

Der 200-Meter-Lauf wird in der Bahnkurve gestartet. Die Startblöcke sind versetzt angeordnet, damit alle Athleten die gleiche Entfernung laufen. In der Kurve versuchen die Läufer, Geschwindigkeit zu machen. Dabei müssen sie aber darauf achten, in ihrer Bahn zu bleiben, um nicht disqualifiziert zu werden. In der zweiten Hälfte des Rennens gilt es dann, auf der Zielgeraden Tempo und Laufstil durchzuziehen. Auf den letzten 20 bis 30 Metern werden die Läufer langsamer – die Höchstleistung fordert ihren Tribut.

◀ Der französische 200-Meter-Star Marie-José Pérec nimmt mit hohem Tempo die Bahnkurve und gewinnt schließlich Gold (Atlanta 1996). Beim schnellen Durchlaufen der Kurve entstehen Fliehkräfte, die den Läufer nach außen ziehen. Um diese Kräfte auszugleichen und in der Bahn zu bleiben, muss er sich nach innen lehnen.

◀ Der amerikanische Sprinter Maurice Green befestigt vor dem Start zum 100-Meter-Lauf seine Startnummer. Er gewinnt ein paar Minuten später diesen Lauf (Sydney 2000).

Aufgedoppelt

Der 100- und der 200-Meter-Lauf erfordern eine ähnliche Technik und Laufgeschwindigkeit. Daher nehmen einige überdurchschnittliche Athleten bei Olympischen Spielen an beiden Wettkämpfen teil. Das Double ist der höchste Preis, den es für einen Läufer zu holen gibt. Bei den Spielen von 2000 in Sydney schaffte es die amerikanische Sprinterin Marion Jones. Vor ihr gelang es u. a. 1984 Carl Lewis und 1972 Valeriy Borzov. Jones errang außerdem noch eine dritte Goldmedaille in der 4x100-Meter-Staffel und zwei Bronzemedaillen. Sie ist die Frau mit der bislang größten Medaillenausbeute.

Die Mittelstreckenrennen

Als Mittelstreckenrennen bezeichnet man die Rennen, die über eine oder mehr Stadionrunden gehen. Sie erfordern Kraft, Ausdauer und Grundschnelligkeit, aber auch eine geschmeidige und wirkungsvolle Lauftechnik. Viele Athleten versuchen gerade so schnell zu laufen, dass sie an den Gegnern dranbleiben. Dabei achten sie darauf, dass sie noch genügend Reserven haben, wenn das Tempo in der letzten Phase des Rennens noch einmal anzieht.

▲ Die spätere Siegerin Maria Mutola aus Mosambik führt in Sydney beim 800-Meter-Lauf das dicht gedrängte Feld an. Für die 27-Jährige waren es die vierten Olympischen Spiele.

▶ Michael Johnson, der einen sehr aufrechten Laufstil pflegte, dominierte in den Neunzigerjahren die 400 und die 200 Meter. Ihm gelang es als erstem Sportler, den olympischen 400-Meter-Wettbewerb zweimal zu gewinnen. Außerdem siegte er zweimal mit der 4x400-Meter-Staffel und einmal über 200 Meter.

▲ Los Angeles 1984: Im Finale des 3000-Meter-Laufes der Frauen stoßen die barfuß laufende Engländerin Zola Budd und die Amerikanerin Mary Decker unabsichtlich mit den Beinen zusammen. Die Amerikanerin scheidet verletzt aus. Budd, eine der Titelfavoritinnen, wird nur Siebte.

Meter statt Meile

Im Laufe der Jahre wurden die Distanzen bei den Mittelstreckenrennen mehrfach verändert: Die 1500 Meter haben die Meile als Mittelstrecken-Paradedisziplin abgelöst. Die Mittelstreckenwettbewerbe wurden seit jeher von englischsprachigen Ländern wie Großbritannien, den USA und Australien beherrscht. Im Jahr 1976 gelang es dem Kubaner Alberto Juantorena als erstem Läufer einer nichtenglischsprachigen Nation, über 400 Meter und 800 Meter olympisches Gold zu holen. Seitdem kommen die Olympiasieger der Mittelstreckenrennen aus allen Teilen der Welt.

▶ *Seoul 1988: Der Marokkaner Said Aouita zieht beim Fallstart davon. Aouita gewann in den Achtzigerjahren immer wieder die 800 und die 1500 Meter; über 5000 Meter blieb er zehn Jahre lang ungeschlagen.*

Laufstrategie

Spitzenathleten nehmen die 400 Meter (also eine Stadionrunde) als einen einzigen langen Sprint. Sie starten aus Startblöcken, die mit gleichmäßigem Versatz über die Bahnkurve verteilt sind, und müssen bis zum Ziel ihre Bahn einhalten. Beim 800-Meter-Lauf starten die Läufer ebenfalls aus versetzten Startblöcken, verlassen aber nach den ersten 100 Metern ihre Bahn und laufen auf die kurze Innenbahn. Viele 800-Meter-Rennen und alle größeren Distanzen werden nicht einfach »volle Pulle« gelaufen – hier sind Klugheit und Taktik gefragt. Die Läufer versuchen sich eine gute Ausgangsposition zu erkämpfen und diese zu halten, bevor in der letzten Runde der Sprint um die Platzierungen losgeht. Über 800 Meter und vor allem über 1500 Meter müssen die Läufer ständig darauf achten, ob ein einzelner Läufer oder eine kleine Gruppe einen Ausreißversuch plant.

Rennen über Rennen

Bei olympischen Mittelstreckenwettbewerben werden vor dem Finale Vorläufe und Halbfinale abgehalten. Sie stellen hohe Anforderungen an die Läufer, denn sie müssen einerseits so viel Leistung bringen, dass es für die Qualifikation langt, andererseits sollten sie sich vor dem Finale nicht zu sehr verausgaben. Einige Läufer starten bei Olympischen Spielen sowohl über 800 Meter als auch über 1500 Meter beziehungsweise über 1500 Meter und über eine längere Distanz wie 5000 Meter. Sehr selten kombiniert jemand die 400 Meter und die 800 Meter. Nur Alberto Juantorena schaffte es, bei ein und derselben Olympiade (in Montreal) beide Disziplinen zu gewinnen.

Staatsangehörigkeit: *Kubanisch*
Spiele: *München 1972, Montreal 1976, Moskau 1980*
Disziplinen: *400 Meter, 800 Meter*
Medaillen: *Zweimal Gold*

▶ *Sydney 2000: Nach ihrem Sieg über die 5000 Meter der Frauen schwenkt die Rumänin Gabriela Szabo die Fahne ihres Landes. Im 1500-Meter-Lauf gewann Szabo Bronze hinter der Algerierin Nouria Merah-Benida und der Rumänin Violeta Szekely.*

Die Langstreckenläufe

Für die Wettkämpfer sind sie strapaziös, für die Zuschauer dagegen ein echter Hingucker: die Langstreckendisziplinen in der Leichtathletik. Ihre Geschichte reicht bis zu den Spielen des Altertums zurück. Die Distanzen haben sich im Laufe der Zeit immer wieder verändert. Gegenwärtig werden meist die 5000 Meter, die 10 000 Meter und die 42,5 Kilometer Marathon gelaufen. Zu den Langstreckendisziplinen zählt auch das Gehen. Bei den Männern wird es über 20 und 50 Kilometer, bei den Frauen über 20 Kilometer ausgetragen.

◀ *Atlanta 1990: Der slowakische Geher Peter Tichy bricht zusammen und muss gestützt werden, nachdem er bei den 50 Kilometern der Männer die Ziellinie überquert hat. Tichy nahm auch in Sydney wieder an diesem Wettbewerb teil.*

▲ *Haile Gebrselassie, einer der weltweit beliebtesten Leichtathleten, war als Kind in Äthiopien jeden Tag zehn Kilometer von zu Hause zur Schule und wieder zurück gelaufen. Gebrselassie gewann sowohl in Atlanta als auch in Sydney Gold über 10 000 Meter.*

◀ *Emil Zatopek aus der damaligen Tschechoslowakei war der beste Langstreckenläufer seiner Zeit. Er stellte 20 Weltrekorde auf. In Helsinki gelang ihm 1952 etwas, was keiner vor ihm erreicht hatte: Er holte über 5000 Meter, über 10 000 Meter und im Marathon Gold. Es war sein erster Marathon!*

Die Langstrecken auf der Bahn

Die 5000- und 10 000-Meter-Läufe der Männer und der Frauen sind die längsten olympischen Distanzen, die auf der Laufbahn ausgetragen werden. Wenn die Sportler im Pulk Runde um Runde laufen, sieht das recht gemächlich und mühelos aus. Tatsächlich aber ist das Tempo sehr hoch. Im 10 000-Meter-Lauf brauchen die Läufer im Durchschnitt etwas über eine Minute für eine 400-Meter-Runde, von denen insgesamt 25 zurückzulegen sind. Die 5000- und 10 000-Meter-Rennen sind von fesselnden taktischen Manövern geprägt. Manche Läufer laufen das Rennen lieber von vorne. Andere bleiben den führenden Läufern lieber auf den Fersen und geben in den letzten Runden noch einmal Gas oder legen gar über die letzten 100 bis 300 Meter einen Sprint hin. Langstreckenrennen sind daher oft bis ins Ziel hinein spannend.

Der Marathon

Im Jahr 490 v. Chr. lief ein griechischer Soldat namens Pheidippides von der Stadt Marathon nach Athen, um dort den Sieg der Athener über die Perser zu verkünden. Um dieser Leistung zu gedenken, wurde der erste Marathonlauf der Olympischen Spiele der Neuzeit 1896 genau zwischen diesen beiden Orten abgehalten, die knapp 40 Kilometer voneinander entfernt liegen. Bei den Spielen von 1908 in London wurde die Strecke dann auf etwas über 42 Kilometer verlängert. Olympische Spitzenmarathonläufer brauchen heute weniger als zweieinviertel Stunden für diese Strecke. Sie versuchen, gleichmäßig schnell zu laufen. Wer als führender Läufer ins Olympiastadion einlaufen will, muss aber auch wissen, wann er sich besser zurücknimmt, um Kraft zu sparen, und wann er Gas geben muss.

▶ *Los Angeles 1984: Die Amerikanerin Joan Benoit winkt dem Publikum nach ihrem Sieg im allerersten Marathon der Frauen zu. Obwohl Benoit schon 1979 und 1983 den angesehenen Boston-Marathon gewonnen hatte, ging die Norwegerin Grete Waitz als Favoritin ins Rennen. Sie gewann mit 1 Minute 26 Sekunden Rückstand Silber.*

◀ *Die beiden Geherregeln: 1. Das ausschreitende Bein muss vom Moment des Aufsetzens bis zur aufrechten Stellung gestreckt sein, d. h., das Knie darf nicht gebeugt werden. 2. Ein Fuß muss immer Kontakt mit dem Boden haben.*

◀ *Robert Korzeniowski feiert im Jahr 2000 seinen Sieg über die 50 Kilometer Gehen. Dem Polen gelangen in Sydney zwei einzigartige Doubles: Er gewann zum zweiten Mal hintereinander den olympischen Wettbewerb über 50 Kilometer Gehen, nachdem er bereits Gold über 20 Kilometer geholt hatte.*

Gehen

Diese Disziplin stellt hohe Anforderungen an das Durchhaltevermögen und die Körperbeherrschung der Athleten. Gute Geher und Geherinnen brauchen für die 20 Kilometer gerade mal 15 bis 20 Minuten länger als die besten Läufer. Geher erreichen eine unwahrscheinliche Geschwindigkeit. Dabei müssen sie ständig die beiden Grundregeln beachten (siehe oben), deren Einhaltung von Gehrichtern überwacht wird. Wer gegen eine der Regeln verstößt, wird verwarnt. Drei Verwarnungen führen beim olympischen Gehen zur Disqualifikation. Der Wettkampfdruck führt manchmal dazu, dass auch geübte Geher Fehler machen. Bei den Spielen von 2000 überquerte der Mexikaner Bernardo Segura die Ziellinie in dem festen Glauben, dass er die 20 Kilometer der Männer gewonnen hatte – dabei war er auf den letzten Metern des Rennens noch disqualifiziert worden.

Hürden- und Staffelläufe

Staatsangehörigkeit: *Amerikanisch*
Spiele: *Montreal 1976, Los Angeles 1984, Seoul 1988*
Disziplin: *400 Meter Hürden*
Medaillen: *Zweimal Gold, einmal Bronze*

Hürden- und Staffelläufe stellen hohe technische Anforderungen an die Athleten, die in Sekundenbruchteilen eine Hürde überqueren oder den Staffelstab weitergeben müssen. Beim Hürdenlauf versuchen die Läufer die Hürden so knapp wie möglich zu überwinden und so schnell wie möglich auf die Bahn zu kommen, um dort Geschwindigkeit zu machen.

Hürdenlauf

Die Hürdenläufe zählen zu den technisch anspruchsvollsten Leichtathletikdisziplinen. Beim 100-Meter-Hürdenlauf der Frauen und beim 110-Meter-Hürdenlauf der Männer müssen 10 Hürden überlaufen werden, die 0,91 bzw. 1,06 Meter hoch sind. Die Läufer dürfen die Hürden umstoßen, sie verlieren dann aber an Geschwindigkeit und das Sturzrisiko steigt. Auch beim 400-Meter-Hürdenlauf sind 10 Hürden zu überlaufen. Diese Hürden sind mit einer Höhe von 0,91 Meter (Männer) bzw. 0,76 Meter (Frauen) etwas niedriger. Die Läufer haben einen regelmäßigen Laufrhythmus, d. h., die Anzahl der Schritte zwischen den Hürden ist immer gleich. Edwin Moses gilt als der beste Hürdenläufer der Neuzeit.

◀ *Hürdenlauf: Der Läufer drückt sich mit dem hinteren Bein (dem Sprungbein) vom Boden ab. Das vordere Bein (das Schwungbein) schwingt über die Hürde. Gleichzeitig wird das Sprungbein angezogen und der Sprungfuß nach außen gedreht. Der Läufer setzt mit dem Schwungbein auf der Bahn auf und schwingt das Sprungbein nach vorne durch.*

Staffelläufe

Die beiden Staffelwettbewerbe über 4 x 100 Meter und 4 x 400 Meter bieten neben den Laufleistungen dramatische Stabübergaben. Die übernehmenden Läufer beginnen erst Sekundenbruchteile vor der Übergabe zu sprinten. Beim 4x400-Meter-Staffellauf sind die Startpositionen weit versetzt und in der ersten Runde müssen die Bahnen eingehalten werden. Die zweiten Läufer bleiben bis zum Ende der ersten Kurve in ihrer Bahn, dann streben sie zur Innenbahn. Bei den nächsten beiden Übergaben drängeln sich die übernehmenden Läufer jeweils um die beste Position im Pulk. Die letzte Runde übernimmt der schnellste 400-Meter-Läufer der Mannschaft.

▲ *Stabwechsel bei einem Vorlauf der 4x400 Meter Hürden (Atlanta 1996): Der Engländer Mark Hylton gibt den Stab an Du'aine Ladejo weiter. Da Staffelmannschaften ihre Läufer auswechseln, gehörte im Finale keiner dieser Läufer zu dem zweitplatzierten Quartett.*

Im Wechselraum

Staffelläufe entscheiden sich oft im Wechselraum, also dort, wo der Stab übergeben wird. Das gilt besonders für die 4x400-Meter-Staffel. Der Wechselraum ist ein 20 Meter langer Bereich, der auf jeder Bahn markiert ist. Der übernehmende Läufer muss den Stab fest in der Hand halten, wenn er das Wechselende überschreitet; andernfalls wird die Mannschaft disqualifiziert. Der übergebende Läufer muss darauf achten, dass er dem übernehmenden Läufer den Stab so vorteilhaft wie möglich hinreicht. Fällt der Stab zu Boden, führt das zwar nicht zur Disqualifikation, doch gehen wertvolle Sekunden verloren.

◀ *Die Amerikanerin Gail Devers läuft in Sydney die 100 Meter Hürden. Sie wurde dreimal Weltmeisterin über die 100 Meter Hürden und holte zweimal olympisches Gold im 100-Meter-Lauf. Eine Zerrung zwang sie dazu, ihre Teilnahme an den Spielen von Sydney abzubrechen.*

▼ *Beim dritten Vorlauf des Hindernislaufs im Jahr 2000 überwinden die Läufer den Wassergraben. Mit von der Partie sind auch der spätere Goldmedaillengewinner Reuben Kosgeiaus aus Kenia (links) sowie der spätere Dritte, der Marokkaner Ali Ezzine (Mitte).*

Hindernislauf

Der 3000-Meter-Hindernislauf ist eine der wenigen leichtathletischen Disziplinen, die immer noch ausschließlich Männern vorbehalten sind. Es geht dabei um Schnelligkeit und Stehvermögen, aber auch darum, 28 Hürden und siebenmal den Wassergraben zu überwinden. Die Hindernisse sorgen oft für dramatische Szenen: Manchmal geraten die Athleten ins Stolpern oder sie stürzen sogar. Für die normalen Hürden wenden die Hindernisläufer die gleiche Technik an wie für den 400-Meter-Hürdenlauf. Vor dem 3,66 Meter breiten Wassergraben stoßen sie sich von der letzten Hürde wie von einem Sprungbrett ab, um möglichst nahe am flachen Ende des Grabens zu landen.

Weit- und Dreisprung

Sowohl der Weitsprung als auch der Dreisprung werden durch einen schnellen Anlauf eingeleitet. Danach folgen der explosive Absprung und die Flugphase mit einer oder mehreren raumgreifenden Bewegungen, die dem Erhalt des Gleichgewichts und der Vorbereitung der Landung dienen. Spitzenweitspringer sind oft auch im 100-Meter-Lauf erfolgreich, da beide Disziplinen Schnelligkeit erfordern. Auch Dreispringer müssen schnell sein; sie brauchen aber auch ein hohes Maß an Koordination und einen geschmeidigen Rhythmus.

▲ *Wenn der Weitspringer mit dem Fuß des Sprungbeins auf dem Absprungbalken aufgesetzt hat, schwingt er mit dem Schwungbein nach vorne durch und drückt sich mit dem Sprungbein vom Boden ab. Beine und Arme gehen nach vorn und bei der Landung wird der Rumpf vor Füße und Beine gebracht.*

▲ *Atlanta 1996: Der Weitsprungsieger Carl Lewis nimmt sich etwas Sand aus der Sprunggrube. Der Weltmeister hatte es nur knapp in die US-Mannschaft geschafft und qualifizierte sich erst im letzten Versuch für die Endrunde. Seine Höchstleistung hob er sich für das Finale auf, in dessen Verlauf er auch den Weltrekordinhaber Mike Powell schlug.*

Anlauf, Absprung, Landung

Olympische Weitspringer haben drei Versuche. Die besten acht Springer aus der Qualifikation kommen ins Finale, in dem jeder erneut drei Versuche hat. Vor dem Sprung ermittelt der Weitspringer seine persönliche Anlaufmarke am hinteren Ende der Anlaufbahn. Von dort aus läuft er an. Am Absprungbalken stößt er sich mit explosiver Kraft ab. In der Flugphase versucht er so weit wie möglich zu kommen. Die Kampfrichter messen die Weite sowohl elektronisch als auch per Hand. Als Weite gilt die Entfernung zwischen der Absprunglinie und dem ihr nächstgelegenen Eindruck im Sand der Sprunggrube.

Immer größere Weiten

Die Acht-Meter-Marke, von der man einst glaubte, dass sie nie jemand überspringen würde, wird heute regelmäßig von Weitspringern überboten. Die Springer, die beim Weitsprungfinale der Männer in Sydney die ersten neun Plätze belegten, sprangen alle weiter als acht Meter. Den Weltrekord hält der Amerikaner Mike Powell mit einem Satz von 8,95 Metern, der ihm 1991 gelang. Bei den Frauen hat der aktuelle Weltrekord sogar noch länger Bestand: Er wurde 1988 von der sowjetischen Athletin Galina Tschistjakowa mit einem Sprung über 7,52 Meter aufgestellt. Heike Drechsler war im Jahr 2000 mit 35 Jahren die älteste Weitsprung-Olympiasiegerin. Genauso alt war Carl Lewis, als er 1996 mit einem Sprung über 8,50 Meter seine vierte olympische Goldmedaille in Folge holte.

▶ *Die nigerianische Weitspringerin Chioma Ajunwa gewann 1996 den Wettkampf völlig überraschend. Vor den Spielen hatte sie lediglich an drei Vorbereitungswettkämpfen teilgenommen. Mit einer Weite von 7,12 Meter führte sie 10 Zentimeter vor der zweitplatzierten Italienerin Fiona May.*

▲ *Beim Weitsprung und beim Dreisprung wird die Weite von der Absprunglinie aus gemessen. Das ist die näher zur Sprunggrube liegende Kante des Absprungbalkens. Die Springer setzen ihren Sprungfuß so nah wie möglich an der Vorderkante des Absprungbalkens auf.*

▲ *Wenn der Sprungfuß hinter der Absprunglinie aufgesetzt wird, hinterlässt er einen Abdruck in einem Plastilinstreifen vor dem Absprungbalken. Die Kampfrichter werten den Sprung dann als Fehlversuch und die erzielte Weite wird nicht aufgezeichnet.*

► *Der englische Dreispringer Jonathan Edwards in Sydney. Nachdem er 1995 den Weltrekord auf 18,29 Meter hochgeschraubt hatte, gewann er 2000 mit 34 Jahren endlich olympisches Gold. Seine Siegweite von 17,71 Meter lag 24 Zentimeter vor der des Kubaners Yoel Garcia.*

Der Dreisprung

Der Dreisprung der Frauen wurde erst im Jahr 2000 olympisch, bei den Männern gehört er seit 1896 zum olympischen Programm. Er war sogar die erste Disziplin, die bei der Olympiade von 1896 durchgeführt wurde. Sieger war mit einer Weite von 13,71 Meter James Connolly, der erste Olympia-Goldmedaillengewinner der Neuzeit. Die Sprungphasen heißen beim Dreisprung »Hop«, »Step« und »Jump«. Ein Dreispringer versucht möglichst viel seiner Anlaufgeschwindigkeit in eine Reihe von Einzelbewegungen umzusetzen, die sich zu einem flüssigen Bewegungsablauf zusammenfügen sollen. Heutzutage springen die Männer weiter als 17 Meter. Den Weltrekord der Frauen sprang die Ukrainerin Inessa Krawets mit 15,50 Meter.

Dreisprungtechnik

Vor 1900 führten die Dreispringer die ersten beiden Sprünge mit demselben Fuß aus. Erst danach setzte sich der Fußwechsel »Hop« – »Step« – »Jump« durch: Der Athlet läuft an, springt am Absprungbalken ab und kommt zuerst mit dem Fuß auf, mit dem er abgesprungen ist. Anschließend folgt ein Schritt auf dem anderen Fuß und dann der endgültige Absprung. Der Springer drückt sich ab und schleudert beide Arme nach vorne. Zuletzt bringt er beide Beine vor den Körper und landet wie ein Weitspringer. Es zählt nur der beste gültige Versuch eines Athleten. Die Weite misst man vom Absprungbalken bis zum nächstliegenden Abdruck des Athleten im Sand. Ungültig ist der Sprung, wenn der Athlet übertritt oder wenn er außerhalb der Sprunggrube landet.

Hochsprung und Stabhochsprung

Der Hochsprung steht bei den Männern seit 1896, bei den Frauen seit 1928 auf dem olympischen Programm. Der Stabhochsprung für Männer geht ins Jahr 1920 zurück, bei den Frauen hatte er erst 2000 Olympiapremiere. Beide Disziplinen erfordern ein hohes Maß an Kraft, Geschwindigkeit, Wendigkeit und Koordination. Die Springer müssen ihren Anlauf optimal timen und sich dann auf einen technisch perfekten Absprung und das Überqueren der Latte konzentrieren.

▲ Die Russin Jelena Jelesina überquert 2000 in Sydney die Sprunglatte. Die 30 Jahre alte Hochspringerin holte sich mit einer Höhe von 2,01 Metern die Goldmedaille.

Hochsprung

Die Hochsprunganlage besteht aus Anlaufbahn, Absprungfläche, Sprungständern, Sprunglatte und Aufsprungkissen. Auf den Auflegern der vier Meter auseinander stehenden Sprungständer ruht die Sprunglatte (siehe Schemazeichnung). Die Latte wird immer höher gelegt, zuerst immer um fünf Zentimeter, dann in kleineren Schritten. Bei jeder Höhe hat ein Springer drei Versuche, für die er jeweils 90 Sekunden Zeit bekommt. Er darf die Latte berühren, sie aber nicht von den Auflegern herunterwerfen. Wer eine Höhe in keinem seiner drei Versuche überspringt, scheidet aus. Sieger ist derjenige mit der größten Höhe oder – wenn mehrere Springer die gleiche Höhe erreicht haben – derjenige mit den wenigsten Fehlversuchen.

▲ Die Hochspringerin fliegt mit dem Kopf voraus über die Sprunglatte. Dabei dreht sie den Körper ein Stück um die Längsachse und macht ein Hohlkreuz.

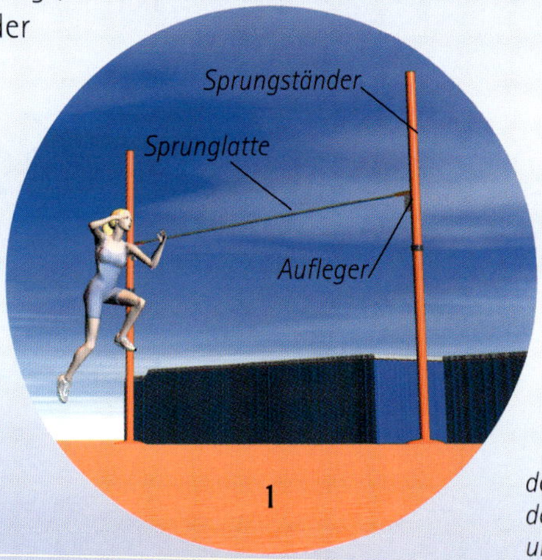

◄ Nach dem Anlauf setzt die Hochspringerin mit dem Absprungfuß fest auf dem Boden auf. Das Knie des Schwungbeins und die Arme schnellen nach oben und die Athletin springt ab.

Staatsangehörigkeit: *Rumänisch*
Spiele: *Melbourne 1956, Rom 1960, Tokio 1964*
Disziplin: *Hochsprung*
Medaillen: *Zweimal Gold*

Hochsprungsieger

Zu den besten Hochspringerinnen aller Zeiten zählt die Doppelolympiasiegerin Jolanda Balas. Sie brach vierzehnmal den Weltrekord der Frauen und blieb zwischen 1957 und 1967 in 140 Wettbewerben in Folge ungeschlagen. Die deutsche Athletin Ulrike Meyfart gewann den olympischen Hochsprungwettbewerb 1972 in München und 1984 in Los Angeles im Abstand von zwölf Jahren. Sie übersprang auch als erste Frau in einem olympischen Wettbewerb die Zweimetermarke. Der Amerikaner Dick Fosbury revolutionierte 1968 in Mexico City den Hochsprung mit dem »Fosbury-Flop« (siehe Seite 40). Der Fosbury-Flop ist heute für alle Spitzenspringer die gängige Technik.

▼ *Die Hüften wandern nach oben; die Athletin blickt über die Schulter zur hinteren Ecke des Aufsprungkissens und versucht locker zu bleiben.*

▲ *Sobald die Hochspringerin die Sprunglatte mit den Hüften überquert hat, hebt sie die Beine an. Anschließend landet sie mit Rücken und Schultern auf dem Kissen.*

Stabhochsprung

Ein guter Stabhochspringer benötigt die Fertigkeiten eines Kurzstreckenläufers, eines Turners und eines Akrobaten. Er überspringt die Latte mithilfe eines bruchfesten, aber hochelastischen Stabs. Beim Anlauf wird der Stab vor dem Körper parallel zum Boden gehalten. Dann sticht ihn der Springer mit der Spitze im 20 Zentimeter tiefen Einstichkasten ein, der vor den beiden Sprungständern im Boden eingelassen ist. Der Athlet hebt ab, wobei sich der Stab unter seinem Gewicht durchbiegt. Mit seiner Körperhaltung sorgt der Springer dafür, dass der Stab sich wieder streckt. Oben angekommen überquert der Springer die Latte. Der Ukrainer Sergej Bubka gilt als bester Springer des modernen Olympia (siehe auch rechts unten).

▼ *Bei diesem Sprung von Okkert Brits aus Südafrika sieht man, wie sich der Stab in der Absprungphase durchbiegt. Brits hält ihn am hinteren Ende mit beiden Händen fest und ist dabei, sich nach oben zu katapultieren und den Körper kopfüber zu drehen.*

◀ *Sydney 2000: Die dänische Stabhochspringerin Marie Bagger im Finale der Frauen. Sie steht kopfüber, die Beine nach oben gestreckt. Dann dreht sie sich so, dass sie die Sprunglatte anschaut, stößt sich vom Stab ab und überquert die Latte.*

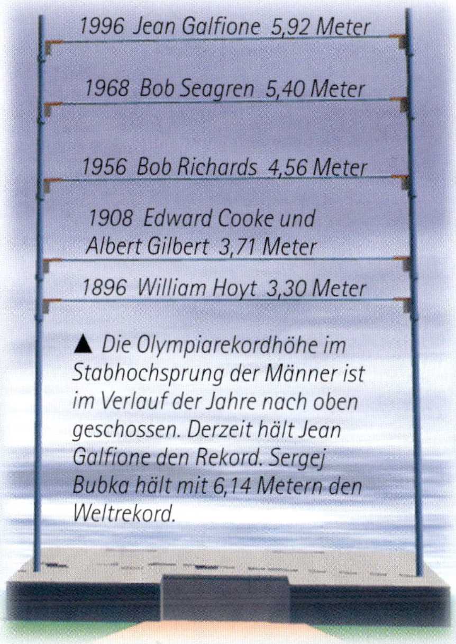

▲ *Die Olympiarekordhöhe im Stabhochsprung der Männer ist im Verlauf der Jahre nach oben geschossen. Derzeit hält Jean Galfione den Rekord. Sergej Bubka hält mit 6,14 Metern den Weltrekord.*

◀ Der finnische Hammerwerfer Olli-Pekka Karjalainen dreht sich bis zum Loslassen des Hammers gleichmäßig um die eigene Achse.

Hammer und Kugel

Hammerwurf und Kugelstoßen zählen zu den Kraftdisziplinen der Leichtathletik. Kugelstoßer und Hammerwerfer trainieren ausgiebig im Kraftraum, um die entsprechende Muskulatur aufzubauen. Bei beiden Disziplinen kommt es aber auch auf eine perfekte Technik und ein hohes Konzentrationsvermögen an: Nur sie ermöglichen die exakte und rhythmische Körperbewegung.

Der Hammerwurf

Der Hammerwurf der Männer gibt es schon seit 1900 während er bei den Frauen erst ein ganzes Jahrhundert später in Sydney olympisch wurde. Der Wurfhammer besteht aus einer Metallkugel (meist Messing oder Wolfram), die durch ein etwa 120 Zentimeter langes Drahtseil mit einem Handgriff verbunden ist. Die Kugel, die auch Hammerkopf heißt, wiegt für Männer 7,26 und für Frauen 4 Kilogramm. Geschleudert wird der Hammer aus einem Kreis von 2,135 Metern Durchmesser; er ist von einem Schutzgitter umgeben, das zum Wurfsektor hin offen ist.

◀ Der Hammerwerfer stellt sich an das hintere Ende des Wurfkreises, fasst den Hammer mit beiden Händen am Griff und bringt ihn über seinem Kopf zum Rotieren (1). Dann baut er Bewegungsenergie auf, indem er sich mit drei, vier kräftigen Drehungen um sich selbst durch den Kreis bewegt; dabei wirbelt der Hammer um ihn herum (2). Schließlich wird der Hammer losgelassen, sodass er idealerweise im 45-Grad-Winkel nach oben davonfliegt; dabei erreicht er bis zu 110 Stundenkilometer (3).

◀ Polen schaffte bei den Spielen von 2000 in Sydney das Double im Hammerwerfen: Die 17-jährige Kamila Skolimowska (links) errang Gold bei den Frauen, Szymon Ziolkowski Gold bei den Männern.

Unterschiedliche Weiten

Sowohl beim Hammerwurf als auch beim Kugelstoßen gibt es einen Qualifikationsdurchgang, bei dem jeder Athlet drei Versuche hat. Die acht besten Athleten kommen ins Finale und haben dort erneut drei Versuche. Der Wurfhammer ist zwar genauso schwer wie die Kugel, aufgrund des Drahtseiles können ihn die Sportler jedoch wesentlich weiter werfen. Der Weltrekord im Kugelstoßen liegt bei den Männern bei 23,12 Metern – der Amerikaner Randy Barnes stellte ihn 1990 auf. Der Weltrekord im Hammerwerfen beträgt dagegen 86,74 Meter. Er wurde 1986 von dem ukrainischen Hammerwerfer Juri Sedych in Stuttgart aufgestellt und ist einer der am längsten ungebrochenen Leichtathletikrekorde. Für einen erfolgreichen Wurf ist es entscheidend, den Wurfhammer im richtigen Moment loszulassen.

▶ *Arsi Harju aus Finnland schreit bei der Olympiade in Sydney seinen Triumph hinaus, nachdem er die Kugel im zweiten Durchgang des Wettkampfes auf die Goldmedaillenweite von 21,29 Meter gestoßen hat. Harjus Goldmedaille war Finnlands erste Medaille bei den Spielen von 2000.*

▶ *Connie Price-Smith aus den Vereinigten Staaten lässt sich viel Zeit, um die Kugel perfekt am Hals zu platzieren und ihre optimale Startposition einzunehmen, bevor sie durch den Stoßkreis schnellt und ihren Versuch abschließt. Sie hat an allen Olympiaden zwischen 1988 und 2000 teilgenommen.*

Kugelstoßen

Beim Kugelstoßen wird die Kugel mit einem Arm aus dem Stoßring heraus in den Stoßsektor befördert. Der Stoßsektor hat einen Winkel von 34,92 Grad, der Stoßring einen Durchmesser von 2,135 Metern. Vorne wird er von einem 10 Zentimeter hohen Stoßbalken begrenzt. Beim Stoßen wird die Kugel in gebückter Haltung mit einer Hand gegen den Hals gedrückt und dann mit einer kraftvollen Streckbewegung weggestoßen.

Kraft und Schnelligkeit

Beim Kugelstoßen gibt es zwei Methoden, im Stoßring Kraft und Schnelligkeit zu erzeugen. Bei der so genannten Drehstoßtechnik dreht sich der Kugelstoßer in etwa wie ein Diskuswerfer auf einem Bein um die eigene Achse (bei einem Stoß mit dem rechten Arm um das linke Bein und umgekehrt). Die zweite Methode heißt Rückenstoßtechnik und wird nach ihrem Erfinder, dem amerikanischen Doppel-Goldmedaillengewinner Parry O'Brien, auch O'Brien-Technik genannt. O'Brien ging mit dem Rücken zur Stoßrichtung in gebückter Haltung und drehte sich dann um 180 Grad zum Stoßbalken hin; dabei richtete er sich auf und nahm sein ganzes Körpergewicht in den Stoß mit.

▲ *Beim spannenden Wettkampf der Frauen in Sydney sparte sich die Weißrussin Yanina Korolchik den besten Stoß ihres Lebens für den allerletzten Versuch auf. Mit 20,56 Metern errang sie Gold vor Larisa Peleshenko und Astrid Kumbernuss.*

▲ *Der Amerikaner Al Oerter konnte viermal hintereinander olympisches Gold im Diskuswerfen einheimsen. Den letzten Sieg feierte er 1968 in Mexiko (Bild).*

Diskus- und Speerwerfen

Zwei der Disziplinen, die schon in der Antike Bestandteil der Olympiade waren, standen auch bei den Olympischen Spielen der Neuzeit ununterbrochen auf dem Programm: Diskuswerfen (seit 1896) und Speerwerfen (seit 1908). Beide erfordern Kraft, Schnelligkeit und Koordinationsvermögen, sind aber auch technisch enorm anspruchsvoll.

Diskus: Wirbelnd durch den Kreis

Der Diskus wird aus einem Wurfkreis geworfen, der einen Durchmesser von 2,5 Metern hat und von einem Schutzgitter umgeben ist. Wie beim Kugelstoßen dürfen die Athleten den Kreis nur am hinteren Ende betreten bzw. verlassen. Erst wenn der Diskus vollständig innerhalb des 34,92-Grad-Wurfsektors aufgetroffen ist, wird ein Versuch als gültig gewertet. Bevor sich ein Diskuswerfer mit einer üblicherweise anderthalbfachen Drehung um die eigene Körperachse durch den Ring bewegt, setzt er zunächst die Scheibe in Bewegung, indem er sie mit dem Arm hin- und herschwingt (Anschwung). Danach wird der Diskus bei jeder Drehung mehr beschleunigt. Je schneller er beim Loslassen ist, umso weiter wird er fliegen.

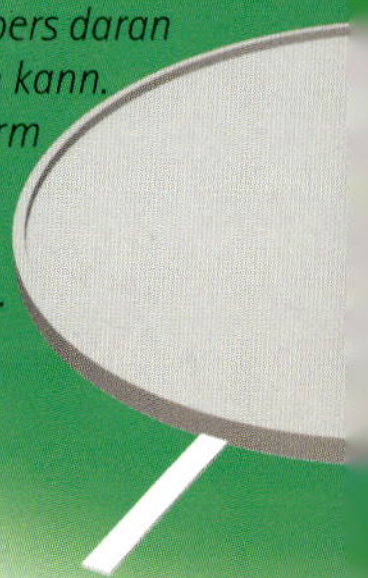

▶ *Der Athlet spannt nun die dem Wurfarm gegenüberliegenden Körperseite an, sodass sich der Schwung des restlichen Körpers daran abbremsen kann. Der Wurfarm beginnt durchzuschwingen.*

◀ *Die deutsche Athletin Ilke Wyludda gewann 1996 den olympischen Diskuswettkampf der Frauen mit einer Weite von 69,66 Meter. Die Russin Natalja Sadowa errang Silber, die Weißrussin Ellina Zwerewa, die 2000 olympisches Gold holte, Bronze.*

◀ *Der Werfer dreht sich um die eigene Achse durch den Wurfkreis. Die Knie sind gebeugt, Oberkörper und Kopf aufrecht. Ein Rechtshänder dreht sich um den rechten Fuß, bis der linke am vorderen Kreisrand aufsetzt.*

▼ *Der Diskuswurf wird mit der Anschwungphase eingeleitet: Der Athlet setzt die Scheibe in Bewegung, indem er sie mit dem Arm hin- und herschwingt.*

Wettkampf-Winkel

Der Diskus wiegt bei den Männern zwei und bei den Frauen ein Kilogramm. Er ist so geformt, dass er im Flug Auftrieb gewinnt – vorausgesetzt, der Abwurfwinkel beträgt zwischen 34 und 37 Grad. Körper, Arm und Hand optimal aufeinander abzustimmen und gleichzeitig möglichst viel Explosivkraft freizusetzen ist eine knifflige Angelegenheit. Es gelingt nur nach Hunderten von Trainingswürfen, durch die der Werfer seine Technik vervollkommnet. Die Olympianorm für Athen 2004 liegt bei 64,60 Metern bei den Männern und 63,40 Meter bei den Frauen.

▶ *Sobald die Schultern in Wurfrichtung zeigen, lässt der Athlet den Diskus aus der Hand gleiten; dabei drückt er mit den Fingern so auf den äußeren Rand der Scheibe, dass diese im richtigen Winkel davonwirbelt.*

Der Speerwurf

Die Olympioniken des Altertums katapultierten einen Olivenholzspeer mithilfe eines Lederbandes über weite Strecken. Moderne Speerwerfer bauen heute beim spektakulärsten aller Wurfwettbewerbe auf Geschwindigkeit, Kraft und perfekte Koordination. Der Speer muss über Kopf geworfen werden; Wettkampfrichter markieren anschließend die Stelle, wo er zuerst den Boden berührt hat. Der Speer muss nicht im Gras stecken bleiben, aber den Boden zuerst mit der Spitze berühren, sonst ist der Wurf ungültig. Die Speerwurftechnik wurde im Lauf des 20. Jahrhunderts ständig verbessert. Die Entwicklung erreichte 1984 ihren Höhepunkt, als der DDR-Athlet Uwe Hohn die erstaunliche Weite von 104,8 Metern erzielte. Um die Weiten zu verringern, wurden 1986 der Schwerpunkt des Speers und die Lage des Griffs geändert. Trotzdem erzielen Männer über 90 Meter.

Vom Anlauf bis zum Abwurf

Ein Speerwerfer startet einen Versuch auf einer Anlaufbahn, die mindestens 30 Meter lang ist. Auf den ersten zehn bis zwölf Schritten baut er Geschwindigkeit auf; den Speer hält er dabei waagrecht etwas über Schulterhöhe. In der nächsten Phase überträgt er möglichst viel der Geschwindigkeit auf den Speer: Dazu zieht der Werfer mit dem Wurfarm auf und setzt beide Füße nebeneinander auf den Boden. Dann zieht er den Speer mit einer pfeilschnellen, aber genau geführten Bewegung durch. Er lässt den Speer los, der mit einem Winkel von 40 Grad in die Höhe steigt; dabei wird er über 100 Stundenkilometer schnell.

◀ *Der tschechische Speerwerfer Jan Zelezny beherrschte in den Neunzigerjahren die olympischen Speerwurfwettkämpfe. Seine Eltern waren beide ebenfalls Speerwerfer gewesen; er holte 1988 Silber und 1992, 1996 und 2000 jeweils Gold.*

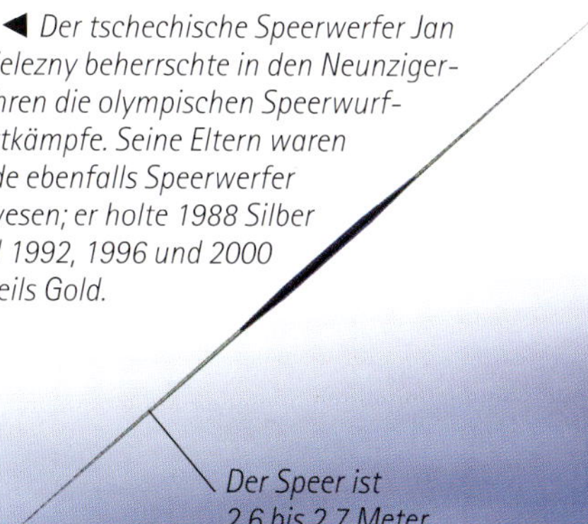

Der Speer ist 2,6 bis 2,7 Meter (Männer) bzw. 2,2 bis 2,3 Meter (Frauen) lang und wiegt 800 bzw. 600 Gramm.

▼ *Beim Speerwurf baut der Werfer mit dem Anlauf Geschwindigkeit auf. Dann setzt er beide Füße fest auf und zieht den Speer mit einer raschen Bewegung von Körper und Arm nach vorn durch. Nach dem Loslassen schwingt der rechte Fuß nach vorn, setzt auf dem Boden auf und bremst den Athleten ab, sodass er nicht auf oder über den Abwurfbogen übertritt.*

▲ *Der Amerikaner Bob Mathias blieb in allen elf Zehnkämpfen, an denen er teilnahm, ungeschlagen; dazu zählten auch zwei olympische Wettbewerbe. Im Jahr 1952 gewann er mit dem größten Vorsprung der olympischen Geschichte: 912 Punkten.*

Mehrkämpfe

Vier Wettkämpfe der Olympischen Sommerspiele fordern Höchstleistungen gleich in mehreren Disziplinen. Zur Leichtathletik zählen eigentlich nur der Zehnkampf und der Siebenkampf. Der Triathlon und der moderne Fünfkampf gelten, weil sie Übungen aus anderen Sportarten enthalten (Schwimmen, Reiten usw.), als eigenständige Sportarten.

Siebenkampf

Von 1964 bis 1980 maßen sich die Frauen im olympischen Fünfkampf: Weitsprung, Kugelstoßen, Hochsprung, 80 Meter Hürden und 200-Meter-Lauf. Dieser Mehrkampf wurde 1984 durch den Siebenkampf ersetzt, der an zwei aufeinander folgenden Tagen durchgeführt wird (Disziplinen siehe ganz rechts). Die Laufzeiten einer Athletin und ihre besten Würfe und Sprünge werden anhand einer Wertungstabelle in Punkte umgewandelt; die Teilnehmerin, die am Ende die meisten Punkte hat, gewinnt den Wettkampf. Die amerikanische Athletin Jackie Joyner-Kersee gewann zwei olympische Goldmedaillen. Die Gesamtpunktzahl von 7291 Zählern, die sie bei den Spielen von 1988 in Seoul erreichte, sind bis heute Welt- und Olympiarekord.

Staatsangehörigkeit: *Amerikanisch*
Spiele: *Los Angeles 1984, Seoul 1988, Barcelona 1992, Atlanta 1996*
Disziplinen: *Siebenkampf, Weitsprung*
Medaillen: *Dreimal Gold, einmal Silber, zweimal Bronze*

◀ *Der englische Zehnkämpfer Daley Thomson holte als erster Athlet zweimal hintereinander olympisches Gold: 1980 in Moskau und 1984 in Los Angeles.*

Zehnkampf

Der Zehnkampf der Männer ist eine der beliebtesten Disziplinen des olympischen Leichtathletikprogramms. Die Teilnehmer ringen zwei Tage lang in zehn Disziplinen um die Goldmedaille. Wie beim Siebenkampf werden die Leistungen in Punkte umgewandelt. Auf der Laufbahn erreicht der Zehnkampf mit dem letzten Wettbewerb, dem 1500-Meter-Lauf, seinen Höhepunkt. Ein typischer Wettkampftag dauert manchmal bis zu zehn Stunden und die Wettkämpfer müssen die ganze Zeit konzentriert und leistungsfähig bleiben. Eine kleine Verletzung oder eine schlechte Leistung müssen schnell weggesteckt werden.

Die Schweizer Triathletin Brigitte McMahon beim Triathlon der Frauen (Sydney 2000): beim Schwimmen im Hafen von Sydney (links), beim Radfahren (Mitte) und beim Laufen, das durch die Straßen der Stadt ging (rechts). Im aufregenden Finish setzte sich McMahon erst 100 Meter vor dem Ziel von der Lokalmatadorin Michelle Jones ab und gewann Gold.

▼ Siebenkampf in Sydney 2000: Die Britin Denise Lewis überquert die Hochsprunglatte. Lewis stand den zweitägigen Wettkampf trotz mehrerer Verletzungen durch und holte Gold vor der Russin Jelena Prokorowa.

Triathlon

Der erste größere Triathlonwettbewerb überhaupt fand im Jahr 1974 statt. Olympisch wurde die Sportart im Jahr 2000 in Sydney. Bei olympischen Spielen sind nach dem Massenstart 1,5 Kilometer Schwimmen, 40 Kilometer Radfahren und 10 Kilometer Laufen zu absolvieren. Der Wettbewerb sieht keine Pausen vor. Entscheidend für den Erfolg ist neben guten Leistungen in allen drei Disziplinen der schnelle Wechsel zwischen den einzelnen Übungen. Triathleten feilen sorgfältig an ihrer Schwimm-, Fahr- und Lauftechnik, denn jede kleine Verbesserung wirkt sich bei den langen Strecken gewaltig aus.

◀ Der moderne Fünfkampf für Frauen stand in Sydney zum ersten Mal auf dem Programm. Stephanie Cook, hier im Springreiten, wurde die erste Goldmedaillengewinnerin in dieser Sportart.

Siebenkampf: 100 Meter Hürden, Hochsprung, Kugelstoßen, 200 Meter, Weitsprung, Speerwerfen, 800 Meter
Zehnkampf: 100 Meter, Weitsprung, Kugelstoßen, Hochsprung, 400 Meter, 110 Meter Hürden, Diskuswerfen, Stabhochsprung, Speerwerfen, 1500 Meter
Triathlon: 1,5 Kilometer Schwimmen, 40 Kilometer Radfahren, 10 Kilometer Laufen
Moderner Fünfkampf: Schießen, Degenfechten, 200-Meter-Freistil-Schwimmen, Springreiten, 3000-Meter-Geländelauf

Moderner Fünfkampf

Der moderne Fünfkampf, seit 1912 olympisch, besteht aus fünf Einzelwettbewerben: Schießen mit der Schnellfeuerpistole, Degenfechten, Schwimmen (200 Meter Freistil), Springreiten und Laufen (3000-Meter-Geländelauf). Beim Schießen, Schwimmen, Reiten und Laufen kämpfen die Teilnehmer gegen die Uhr, beim Degenfechten gegeneinander. Die Leistungen aus den ersten vier Übungen werden in Punkte umgewandelt. Wer die meisten Punkte hat, startet als Erster in den abschließenden Geländelauf. Der Nächste geht mit einem Zeitabstand ins Rennen, der seinem Punkteabstand entspricht usw. Wer als Erster durchs Ziel geht, ist Olympiasieger.

Mexico City 1968

▲ *Eines der offiziellen Olympiaplakate griff die ornamentale Kunst der alten Azteken auf. Das Aztekenreich des 15. und frühen 16. Jahrhunderts erstreckte sich über das Gebiet des heutigen Mexiko.*

Mexico City liegt auf 2200 Meter Meereshöhe. In dieser Höhe enthält die Luft 30 Prozent weniger Sauerstoff als auf Seehöhe. Den Teilnehmern der Ausdauerwettbewerbe brachte das Nachteile, denen der Kurz- und Mittelstreckenwettbewerbe, der Sprungwettbewerbe und anderer Disziplinen dagegen Vorteile: In Mexico City wurden 34 Welt- und 38 Olympiarekorde aufgestellt.

◀ *Die mexikanische Hürdenläuferin Enriqueta Basilio mit der olympischen Fackel bei der Eröffnungsfeier der Spiele von 1968. Sie war die erste Frau, die das olympische Feuer entzündete.*

Unruhige Zeiten

Die Olympischen Spiele von Mexico City fanden zu einer politisch aufgewühlten Zeit statt. Südafrika wurde wegen seiner Apartheidspolitik von den Spielen ausgeschlossen. In den USA herrschten Rassenunruhen. Zwei Monate vor der Eröffnungsfeier rollten sowjetische Panzer in die Tschechoslowakei ein. Die tschechische Turnerin Vera Cáslavská hatte sich vor den Spielen gegen den Einmarsch ausgesprochen. In Mexiko holte sie in den Turnwettkämpfen der Frauen vier Gold- und zwei Silbermedaillen.

► *Der Amerikaner Dick Fosbury wartete in Mexiko City mit seiner völlig neuen Hochsprungtechnik auf. Der »Fosbury-Flop« brachte ihm die Goldmedaille ein.*

► *Tommie Smith und John Carlos gewannen Gold und Bronze über 200 Meter. Bei der Siegerehrung protestierten sie mit der geballten Faust im schwarzen Handschuh gegen den Rassismus in den USA. Dafür wurden sie anschließend aus dem olympischen Dorf verbannt.*

Amerikanische Sieger

Der Amerikaner Dick Fosbury gewann den Hochsprungwettbewerb mit einer völlig neuen Technik. Wyomia Tyus holte über die 100 Meter ihr zweites olympisches Gold in Folge. Die leichtathletischen Wurf- und Sprungdisziplinen wurden von osteuropäischen und sowjetischen Sportlern beherrscht. Doch der Amerikaner Al Oerter (siehe Seite 36) stellte im Diskuswerfen mit der vierten Goldmedaille in Folge einen Rekord auf. Tommie Smith gewann in neuer Weltrekordzeit die 200 Meter. Bei der Siegerehrung ballten er und sein Mannschaftskollege John Carlos die Faust zum Black-Power-Gruß.

▶ Bob Beamon erreichte das Weitsprungfinale erst im letzten Qualifikationsversuch. Bereits in seinem ersten Finalversuch verbesserte er mit einem Satz von 8,90 Meter den Weltrekord um 55 Zentimeter. Beamons neuer Rekord hielt 23 Jahre und wurde bei Olympischen Spielen bis heute nicht verbessert.

▲ Beim 4000-Meter-Mannschafts-Verfolgungsfahren brach der Rad-Bahnvierer aus der Bundesrepublik bei der Qualifikation den Weltrekord und gewann das Finale. Nachdem das DDR-Team aber eine unerlaubte Bewegung angezeigt hatte, wurde den Westdeutschen nachträglich Gold aberkannt und Silber zugesprochen.

Haushoch überlegen

Bob Beamon aus den USA sprang im Weitsprung 71 Zentimeter weiter als der Zweitplatzierte. Bei den Langstreckenläufen gewannen kenianische Läufer die 1500 Meter, die 10 000 Meter sowie den 3000-Meter-Hindernislauf. Im 10 000-Meter-Lauf ging der erste Platz an den Äthiopier Mamo Wolde, der auch den Marathon gewann; der zweitplatzierte Japaner Kenji Kimihara kam über 3 Minuten nach ihm ins Ziel. Christoph Höhne aus der damaligen DDR hatte beim 50 Kilometer Gehen gar einen Siegvorsprung von 10 Minuten!

▶ Im Finale der 400 Meter Hürden gewinnt David Hemery mit der neuen Weltrekordzeit von 48,12 Sekunden Gold. Es war 1968 die einzige Leichtathletik-Goldmedaille der Briten.

▶ Vera Cáslavská auf dem Schwebebalken. Sie hatte ihre erste olympische Medaille (eine Silbermedaille) 1960 errungen. Mit dreimal Gold und einmal Silber 1964 und sechs Medaillen in Mexico City ist sie eine der erfolgreichsten Olympionikinnen aller Zeiten.

MEDAILLENSPIEGEL	G	S	B
USA	45	28	34
Sowjetunion	29	32	30
Japan	11	7	7
Ungarn	10	10	12
DDR	9	9	7
Frankreich	7	3	5
Tschechoslowakei	7	2	4
BRD	5	11	10
Australien	5	7	5
Großbritannien	5	5	3

Neuerungen

In Mexico City wurde in vielen Disziplinen die elektronische Zeitnahme eingeführt. Athletinnen mussten sich einem Geschlechtstest unterziehen und es gab erstmals Dopingkontrollen. Der steigende Einsatz leistungssteigernder Mittel und der Tod des Radfahrers Knut Jensen bei der Olympiade von 1960 in Rom hatten das IOC dazu veranlasst, eine Liste verbotener Substanzen zu erstellen. Hans-Gunnar Liljenwall, Moderner Fünfkämpfer aus Schweden, wurde als erster Olympionike wegen Dopings disqualifiziert. Ein Test hatte einen zu hohen Blutalkoholgehalt ergeben.

▲ *Der Russe Alexander Popow holte in den Sprintwettbewerben im Freistil vier Gold- und fünf Silbermedaillen. In Athen will er seine Karriere beenden.*

Schwimmen

Im Jahr 1896 sprangen drei Matrosen in der Nähe von Piräus ins Meer und schwammen gut 100 Meter zur Küste zurück. Von diesen bescheidenen Anfängen hat sich das olympische Schwimmen zu einer der beliebtesten Attraktionen der Sommerspiele gemausert. Die Schwimmveranstaltungen sind stets ausverkauft und die Zuschauer begeistern sich für die Dramatik der Wettkämpfe.

Im Becken

Ein modernes Olympiaschwimmbecken ist 50 Meter lang und so breit, dass acht Bahnen nebeneinander Platz haben, die durch schwimmende Markierungen gekennzeichnet werden. Die Distanzen reichen vom 50-Meter-Sprint bis hin zu den strapaziösen 800 Metern bei den Frauen und 1500 Metern bei den Männern. Bei den Sprintwettbewerben über 50 und 100 Meter müssen die Schwimmer vom Start bis zum Ziel Höchstgeschwindigkeit bringen. Auf den längeren Strecken legen sich die Schwimmer auf eine Strategie fest: Entweder sie machen die ganze Entfernung im gleichen Tempo oder sie sparen sich Kraft für die zweite Hälfte auf und legen diese dann schneller zurück.

▶ *Die holländische Schwimmerin Inge de Bruijn winkt in Sydney den Zuschauern zu, nachdem sie ihren Vorlauf über 100 Meter Delfin absolviert hat. Das war nur eine von drei Disziplinen, die sie in Sydney gewann.*

▲ *Atlanta 1996: Der Australier Scott Miller zeigt beim Kopfsprung vom Startblock seine Starttechnik (in einem Vorlauf über 200 Meter Delfin).*

Schwimmstile

Bei olympischen Wettbewerben gibt es Brustschwimmen, Rückenschwimmen, Delfinschwimmen und Freistil. Beim Freistil dürfen die Schwimmer theoretisch den Schwimmstil frei wählen; sie entscheiden sich aber immer für das schnelle Kraulen. Die Freistil-, Brust- und Delfinläufe beginnen mit einem Kopfsprung vom Startblock. Beim Brustschwimmen muss der Kopf des Schwimmers bei jedem Zug die Wasseroberfläche durchbrechen. Am Ende jeder Bahn darf man beim Freistil- und beim Rückenschwimmen die Beckenwand mit jedem Körperteil berühren. Die meisten Schwimmer machen eine Rollwende, d. h., sie schlagen im Wasser eine Art Purzelbaum und stoßen sich mit den Füßen von der Wand ab. Beim Brust- und Delfinschwimmen muss die Beckenwand vor der Wende mit beiden Händen berührt werden.

Staffeln und Lagen

Bei den Staffelwettbewerben – 4x100 Meter Freistil und 4x200 Meter Freistil – teilen sich vier Schwimmer die Gesamtstrecke. Jeder Staffelschwimmer darf erst 0,03 Sekunden vor dem Anschlag des Mannschaftskollegen vom Startblock ins Wasser springen, andernfalls wird das Team disqualifiziert. Das Lagenschwimmen umfasst alle vier Schwimmstile. Bei den 200 Meter Lagen müssen alle Teilnehmer nacheinander je 50 Meter Delfin, Rücken, Brust und Freistil zurücklegen. Bei den 400 Meter Lagen gilt die gleiche Reihenfolge, nur sind jeweils 100 Meter zu absolvieren. Bei der Lagenstaffel (4x100 Meter Lagen) werden die vier Schwimmstile auf die Athleten verteilt.

▲ *München 1972: Schwimmlegende Mark Spitz schwimmt seinem Sieg über 200 Meter Delfin entgegen. Dieser Sieg war einer von sieben, die der Amerikaner feiern konnte. Es war die größte Einzelmedaillen-Ausbeute, die es je bei einer Olympiade gab.*

Große Sieger

Weil es im Schwimmen viele Disziplinen gibt, nehmen Spitzenschwimmer oft mehrere Medaillen mit nach Hause. Viele Schwimmer eignen sich mehrere Schwimmtechniken an (meistens Delfin und Freistil), um in verschiedenen Disziplinen Gold holen zu können. Dem Australier Ian Thorpe und der Niederländerin Inge de Bruijn gelang das in Sydney. Andere große Schwimmer haben Medaillen auf drei oder mehr Olympiaden geholt. Die Australierin Dawn Fraser gewann 1956, 1960 und 1964 Gold über 100 Meter Freistil. Die DDR stellte besonders viele erfolgreiche Schwimmerinnen und Schwimmer. Cornelia Ender etwa holte 1976 in Montreal vier Goldmedaillen.

▲ *Der Australier Ian Thorpe stößt sich beim Start zu den 100 Meter Rücken von der Beckenwand ab.*

▼ *Atlanta 1996: Kieren Perkins aus Australien atmet zur Seite hin aus, während er sich über 1500 Meter Freistil mit kräftigen Zügen den Weg durchs Wasser bahnt. Perkins gewann 1992 und 1996 Gold, im Jahr 2000 Silber.*

Staatsangehörigkeit: *Australisch*
Spiele: *Melbourne 1956, Rom 1960, Tokio 1964*
Disziplinen: *100 und 400 Meter Freistil, 4x100 Meter Freistil, 4x100 Meter Lagen*
Medaillen: *Viermal Gold, fünfmal Silber*

▼ *Atlanta 1996: Im Training für das Turmspringen der Frauen wirbelt eine Turmspringerin durch die Luft.*

Wasserspringen, Wasserball, Synchronschwimmen

Wasserspringen und Synchronschwimmen erfordern Athletik sowie millisekundengenaues Timing. In beiden Disziplinen benoten Kampfrichter das technische und künstlerische Vermögen der Wettkämpfer. Wasserball ist dagegen eine schnelle Mannschaftssportart, die im Schwimmbecken gespielt wird.

Kunstspringen und Turmspringen

Das Wasserspringen der Männer hatte 1904 Olympiapremiere, für Frauen wurde es acht Jahre später eingeführt. Im olympischen Wasserspringen gibt es zwei Wettbewerbe: Beim Kunstspringen wird von einem (federnden) Sprungbrett drei Meter über der Wasseroberfläche gesprungen. Beim Turmspringen geht es von einem zehn Meter hohen (starren) Sprungturm hinab. Die besten 18 aus dem Vorkampf kommen ins Halbfinale, aus dem die ersten 12 ins Finale einziehen. In jeder Runde absolvieren alle Teilnehmer Sprünge, die sie aus Dutzenden von möglichen Sprungvarianten wählen. Seit 2000 gibt es auch Synchronsprungwettbewerbe, bei denen zwei Springer im Team gleichzeitig denselben Sprung ausführen.

► *Ein gehockter eineinhalbfacher Salto vorwärts. Die Springerin hat die Knie an die Brust gezogen und hält sie mit beiden Händen fest. Dieser Sprung zählt mit einem Schwierigkeitsgrad von 1,9 zu den mittelschweren Sprüngen.*

◄ *Na Li und Xue Sang aus China zeigen bei einem Synchronsprung perfekte Symmetrie (Sydney 2000). Das Duo gewann das Synchron-Turmspringen mit einem haushohen Vorsprung von 30 Punkten.*

Wertung und Benotung

Bei Einzelwettkämpfen vergeben sieben Schiedsrichter Noten von 0 bis 10. Die beste und die schlechteste Wertung werden gestrichen, die restlichen fünf Noten zusammengezählt. Jeder Sprung hat einen Schwierigkeitsgrad, der durch eine Zahl zum Ausdruck gebracht wird – je schwieriger ein Sprung ist, umso höher der Faktor. Die Summe aus den fünf Noten wird mit dem Schwierigkeitsgrad und dann noch einmal mit 0,6 multipliziert – das ist dann das Endergebnis. Diese Berechnungsweise belohnt die Springer, die schwierigere Sprünge wagen, sie lässt aber auch denen eine Chance, die einfachere Sprünge machen, diese aber in Vollendung darbieten.

Wasserball

Wasserball steht für Männer seit 1900, für Frauen seit 2000 auf dem olympischen Programm. Zwei Mannschaften mit je sieben Spielern versuchen den Ball ins gegnerische Tor zu befördern. Das Tor ist 3 Meter breit und 90 Zentimeter hoch. Die Spieler dürfen den Ball mit allen Körperteilen über das Wasser treiben oder zu ihren Mitspielern passen. Es ist nicht erlaubt, den Ball zu schlagen oder ihn unter die Wasseroberfläche zu drücken. Nur der Torwart darf den Ball mit beiden Händen gleichzeitig berühren. Sobald eine Mannschaft in Ballbesitz gelangt, hat sie 35 Sekunden Zeit, aufs Tor zu schießen; schafft sie es nicht, bekommt der Gegner den Ball. Bei einem Wurf auf das Tor versuchen die Spieler, so weit wie möglich mit dem Körper aus dem Wasser herauszukommen: Je besser das gelingt, umso kraftvoller wird der Wurf. Die Fouls teilt man im Wasserball in leichte und schwere Vergehen ein. Ein Spieler, der drei schwere Fouls begangen hat, wird des Beckens verwiesen.

▲ Wasserball-Endspiel 2000 in Sydney: Tamas Marcz aus Ungarn blockt den Russen Alexander Eritschow ab. Ungarn holte sich mit einem 13:6 die siebte olympische Goldmedaille im Wasserball.

▶ Der italienische Torwart Francesco Attolico fängt den Ball (Sydney 2000). Die Torhüter dürfen beim Wasserball als Einzige den Boden des Beckens berühren.

▲ Die französischen Synchronschwimmerinnen bei der Kür (Sydney 2000). Obwohl sie gut punkteten, wurden sie von der kanadischen Mannschaft auf den dritten Platz verwiesen.

Synchronschwimmen

Das Synchronschwimmen der Frauen ist seit 1984 olympisch. Zu Musikbegleitung schwimmen Duette mit zwei bzw. Gruppen mit acht Schwimmerinnen ein Pflichtprogramm und eine Kür. Bei der Pflicht vollführen die Schwimmerinnen eine Reihe von bestimmten Bewegungen in einer vorgegebenen Reihenfolge. In der Kür dürfen sie ein Programm darbieten, das sie selbst gestalten können und das oft spektakuläre Figuren und Bewegungen enthält.
Die Schwimmerinnen dürfen je Programm maximal 60 Sekunden unter Wasser bleiben und müssen sich untereinander perfekt abstimmen. Die Darbietungen werden von zehn Schiedsrichtern in zwei Gruppen benotet; die eine Gruppe beurteilt den technischen, die andere den künstlerischen Wert.

◀ Synchronschwimmen: die französische Mannschaft beim Training zur Kür mit einer anmutigen Bewegung (Sydney 2000).

Rudern, Segeln und Kanusport

Die Wettbewerbe, die draußen auf dem Wasser stattfinden, begeistern die Zuschauer, weil sie Spannung bieten und Ausdauer, Kraft und technische Fertigkeiten fordern. Rudern und Segeln gaben ihr Olympiadebüt 1900 in Paris, während der Kanusport 1920 in Antwerpen zunächst als Demonstrationssportart vorgestellt und erst 1936 in Berlin als olympische Sportart ins Programm aufgenommen wurde.

▲ *Sydney 2000: Das Feld startet in die 500 Meter im Viererkajak der Frauen. Neben dem Viererkajak gibt es auch den Einer- und den Zweierkajak.*

▲ *Der englische Vierer ohne Steuermann in Sydney in einem Vorlauf. Am Ende konnte sich Steve Redgrave (Dritter von vorn) über seine fünfte olympische Goldmedaille freuen; für Matthew Pinsent (vorne) war es das dritte Gold.*

Rudern

Rudern zählt mit zu den anstrengendsten Ausdauer-sportarten. Noch in der Mitte eines Rennens werden Geschwindigkeiten um die 36 Stundenkilometer gefahren. Die olympischen Ruderwettbewerbe gehen alle über 2000 Meter. In den meisten Disziplinen treten Mannschaften von zwei, vier oder acht Ruderern an. Die Ruderer müssen sich alle kräftemäßig in etwa ebenbürtig sein und ihre Bewegungen genau abstimmen, damit sie einen geschmeidigen und schnellen Ruderschlag zustande bringen.

▼ *Der unschlagbare rumänische Achter ist in Sydney erneut auf dem Weg zu Gold – bereits 1996 hatte er den Wettbewerb gewonnen.*

Skullen und Riemen

In Athen werden sich 2004 über 500 Ruderer in rund einem Dutzend verschiedener Disziplinen messen. Man unterscheidet zwei große Gruppen: Bei der einen wird geskullt, d. h., jeder Ruderer bewegt zwei Ruder. Bei der anderen wird geriemt, d. h., jeder Ruderer bewegt mit beiden Händen ein Ruder. Bei einigen Disziplinen sitzt ein Steuermann am Heck, der die Schlagzahl überwacht und darauf achtet, dass das Boot geradeaus fährt. Das größte Boot ist der Achter, in dem acht Ruderer und der Steuermann sitzen. Bei allen Wettbewerben wird in Vorläufen ermittelt, welche sechs Boote das Finale bestreiten.

Kanusport

Beim Kanusport unterscheidet man zwischen dem Kanadier und dem Kajak. Im Kanadier nimmt der Ruderer eine kniende Position ein und verwendet ein Stechpaddel. Im Kajak dagegen sitzt er und rudert mit einem Doppelpaddel. Mit Kanadier und Kajak werden im Flachwasser Sprintrennen abgehalten: 500 Meter für die Frauen, 500 und 1000 Meter für die Männer. Kanadier und Kajaks bestreiten auch den Kanuslalom im Wildwasser. Ziel ist es, in dem schnell fließenden, sprudelnden Wasser einen Parcours von 20 oder 25 Toren möglichst schnell und fehlerfrei zu durchfahren; als Fehler gilt das Berühren eines Torstabes, das Auslassen eines Tores und das Befahren eines Tores in falscher Richtung.

◀ *Surfen steht seit 1984 auf dem olympischen Segelprogramm. Hier kämpfen Schweden und Neuseeland in der Mistral-Klasse um den ersten Platz (Sydney 2000).*

▲ *Kanuslalom: Energisch stößt der Italiener Pierpaolo Ferrazzi sein Paddel in das rauschende Wasser des Wildwasserkanals von Sydney, um sein Kajak durch das nächste Tor zu bugsieren. Ferrazzi gewann den Wettbewerb 1992, als die Disziplin ihr olympisches Debüt gab.*

Segeln

Für jede Bootsklasse gibt es im Segeln einen Wettbewerb. In Sydney waren es neun Bootsklassen, darunter solche mit einem Segler (z. B. Finn-Dinghi), zwei Seglern (z. B. 49er) oder drei Seglern (z. B. Soling). Einige Wettbewerbe sind nur für Männer oder nur für Frauen bestimmt, wieder andere, z. B. die Tornado-Klasse, werden von gemischten Teams bestritten. In den meisten Disziplinen treten alle Konkurrenten in mehreren Rennen an (in den meisten Klassen sind es elf). Dem Zieleinlauf entsprechend werden Punkte vergeben: Für den ersten Platz gibt es einen Punkt, für den zweiten zwei usw. Die Punkte aus den Rennen werden zusammengezählt und das Boot mit der geringsten Gesamtpunktzahl gewinnt.

◀ *Ben Ainslie aus England 2000 beim Wettkampf in der Laser-Klasse, in der das Boot von einem Mann gesegelt wird. Ainslie gewann den Wettbewerb, der im Hafen von Sydney abgehalten wurde.*

Staatsangehörigkeit: *Russisch*
Spiele: *Melbourne 1956, Rom 1960, Tokio 1964*
Disziplin: *Rudern Einer*
Medaillen: *Dreimal Gold*

Seoul 1988

Nach Tokio 1964 war Seoul der zweite asiatische Gastgeber der Olympischen Sommerspiele. Viele Nationen, die die Spiele von 1980 und 1984 boykottiert hatten, waren wieder dabei. Nur Nordkorea, Nicaragua, Kuba und Äthiopien blieben den Spielen fern. In Erinnerung bleiben wird Seoul wegen der hohen Sicherheitsvorkehrungen und der Doping-Disqualifikationen. Die Spiele rückten jedoch auch die südkoreanische Kultur ins rechte Licht und es gab eine Reihe hervorragender Leistungen.

▲ Auf dem offiziellen Plakat war ein Läufer mit der olympischen Fackel abgebildet, die für die olympischen Ideale Harmonie und Fortschritt steht.

◀ Ben Johnson jubelt der Menge zu, nachdem er die 100 Meter gewonnen und mit einer Zeit von 9,79 Sekunden den Weltrekord geknackt hat. Nur ein paar Tage später wurde ihm die Goldmedaille aberkannt.

◀▲ 1936 holte der koreanische Athlet Sohn Kee-chung beim Marathon Gold; damals musste er unter einem japanischen Namen antreten, weil seine Heimat von den Japanern besetzt war. Über 50 Jahre später wurde er 76-jährig dazu auserwählt, die olympische Fackel ins Stadion zu tragen und die Spiele von Seoul zu eröffnen – ein ergreifender Augenblick.

Der Ben-Johnson-Skandal

Als beim 100-Meter-Lauf die besten Sprinter der Welt in Bestform an den Start gingen, ließ der kanadische Sprinter Ben Johnson das Teilnehmerfeld, zu dem u. a. Carl Lewis und Linford Christie zählten, mühelos und mit einer sensationellen Weltrekordzeit hinter sich. Der Ruhm währte jedoch nicht lange: Nach dem Rennen wurde Johnson positiv auf das verbotene anabole Steroid Stanozolol getestet. Trotz aller Proteste wurden ihm die Goldmedaille und der Weltrekord aberkannt und er wurde vom Internationalen Leichtathletik-Verband IAAF für zwei Jahre gesperrt. Diese Sperre wurde in eine lebenslängliche Sperre umgewandelt, als Johnson 1993 erneut positiv getestet wurde. Der Ausschluss Johnsons war der aufsehenerregendste von zehn Dopingfällen in Seoul.

Einstand

Tennis stand das erste Mal seit 1924 wieder auf dem Programm. Überraschungssieger im Einzel der Männer wurde der Slovake Miloslav Mecir, der auf seinem Weg zur Goldmedaille Tim Mayotte und den Favoriten Stefan Edberg besiegte. Erstmals wurde Tischtennis gespielt; Südkorea und China feierten hier ihre größten Erfolge. Olympiapremiere hatten auch der Radsprint der Frauen und das Mannschafts-Bogenschießen. Taekwondo wurde als Demonstrationssportart vorgestellt.

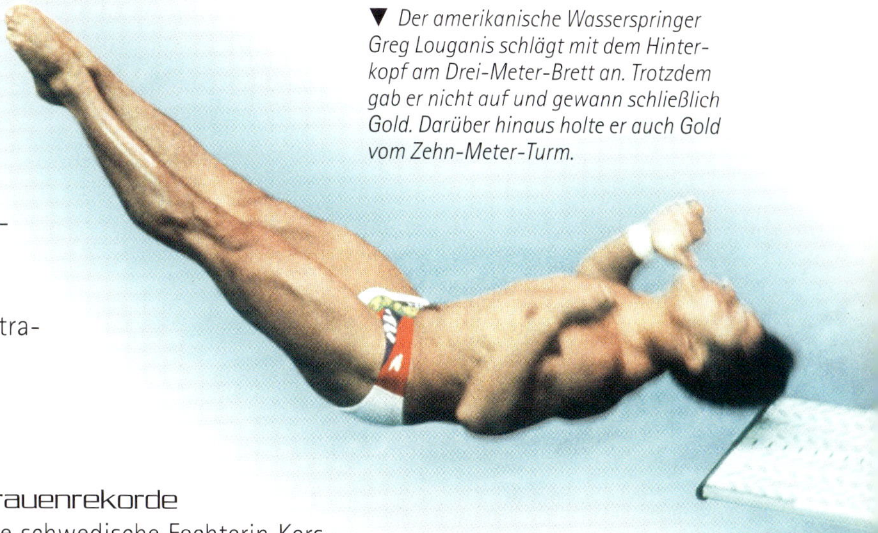

▼ *Der amerikanische Wasserspringer Greg Louganis schlägt mit dem Hinterkopf am Drei-Meter-Brett an. Trotzdem gab er nicht auf und gewann schließlich Gold. Darüber hinaus holte er auch Gold vom Zehn-Meter-Turm.*

◀ *Im Finale des nach 64 Jahren ersten olympischen Tennisturniers schlug Steffi Graf die Argentinierin Gabriela Sabatini mit 6:3 und 6:3 und holte Gold.*

Frauenrekorde

Die schwedische Fechterin Kerstin Palm war die erste Frau, die an sieben Olympiaden teilgenommen hat. Die Ostdeutsche Christa Luding-Rothenburger gewann im Radsprint Silber. Bis heute ist sie die einzige Athletin, die sowohl bei Sommer- als auch bei Winterspielen eines Jahres eine Medaille erringen konnte. Bei den Winterspielen von Calgary hatte sie Gold und Silber im Eisschnelllauf eingeheimst. In der Leichtathletik brachte die sowjetische Kugelstoßerin Natalja Lissowskaja die Kugel in allen sechs Versuchen weiter als ihre Konkurrentinnen.

▼ *Die Amerikanerin Jackie Joyner-Kersee auf dem Weg zur Goldmedaille im Weitsprung. Sie gewann auch den Siebenkampf. Ihre Schwägerin Florence Griffith-Joyner holte auf der Laufbahn dreimal Gold und einmal Silber.*

Im Becken

Der amerikanische Schwimmer Matt Biondi hatte 1984 Gold in der 4x100-Meter-Freistil-Staffel geholt. Vier Jahre später errang er fünf Goldmedaillen sowie eine Silber- und eine Bronzemedaille. Doch im Finale über 200 Meter Freistil sicherte sich der australische Surfer und Schwimmer Duncan Armstrong, Platz 46 der Weltrangliste, mit einer persönlichen Bestzeit Platz eins. Bei den Frauen holte Kirstin Otto aus der DDR sechs Goldmedaillen.

MEDAILLENSPIEGEL	G	S	B
Sowjetunion	55	31	46
DDR	37	35	30
USA	36	31	27
Südkorea	12	10	11
BRD	11	14	15
Ungarn	11	6	6
Bulgarien	10	12	13
Rumänien	7	11	6
Frankreich	6	4	6
Italien	6	4	4

▼ *Matt Biondi stößt vor Freude die Faust in die Luft, als er die 50 Meter Freistil vor Weltrekordhalter Thomas Jager, seinem amerikanischen Mannschaftskollegen, gewinnt.*

Bogenschießen, Sportschießen und Fechten

Bogenschießen, Sportschießen und Fechten verlangen höchste Konzentration und Präzision. Bogen- und Sportschützen wiederholen immer wieder ein und denselben Bewegungsablauf. Fechter müssen nicht nur genau und reaktionsschnell sein, sondern im raschen Wechsel von Stoß und Gegenstoß auch die Bewegungen des Gegners vorwegnehmen.

◀ *1996 in Atlanta: Die Bogenschützin Ludmilla Arschannikowa legt an. Sportbogenschützen tragen Fingerschutz und Schutzweste gegen Verbrennungen, die durch die Reibung entstehen können – der Pfeil verlässt mit über 240 Stundenkilometern den Bogen.*

▲ *Die Bogenschießscheibe ist in zehn Ringe eingeteilt. Ein Treffer in das »Bullseye« – den innersten Ring – zählt zehn Punkte.*

Bogenschießen

Beim Bogenschießen werden so genannte Passen geschossen, d. h., in einer bestimmten Zeit muss eine bestimmte Anzahl von Pfeilen abgeschossen werden. Im olympischen Bogenschießen werden im Vorkampf 12 Passen à 6 Pfeile (insgesamt also 72 Pfeile) geschossen. Die 64 besten Schützen führen dann paarweise mehrere Ausscheidungsrunden durch, bis nur noch vier Schützen übrig sind. Diese bestreiten die Halbfinalrunden und das Finale. Bei olympischen Spielen gibt es einen Einzelwettbewerb für Männer und einen für Frauen. Ein Mannschaftsbewerb, in dem Teams aus je drei Bogenschützen antreten, wurde 1988 eingeführt.

Sportschießen

Im Jahr 1900 wurde noch auf lebende Tauben geschossen; heute gibt es künstliche Ziele. Beim Wurfscheibenschießen (Trap-, Doppeltrap- und Skeetschießen) zielen die Schützen auf »Tontauben«, also Scheiben, die von einer Wurfmaschine in verschiedene Wurfhöhen geschleudert werden. Beim Trap wird auf eine Wurfscheibe gezielt, beim Doppeltrap werden zwei gleichzeitig in die Luft geschleudert. Gewehr- und Pistolenschützen schießen auf Papierscheiben, die feststehen oder sich bewegen. Beim Gewehrschießen gibt es drei Schusshaltungen: stehender, kniender und liegender Anschlag. Die Treffsicherheit ist enorm hoch: 1996 traf der Australier Michael Diamond beim Trapschießen 149 von 150 Wurfscheiben.

► *Sydney 2000, Luftpistole der Männer: Der Italiener Roberto di Donna bereitet sich im Finale auf einen Schuss vor.*

Fechten

Als eine von nur vier Sportarten stand das Fechten bei den Olympischen Spielen der Neuzeit ununterbrochen auf dem Programm. Die Fechter, die Schutzanzug und Maske tragen, versuchen den Körper des Gegners mit der Spitze der Waffe zu berühren. Einzel- und Mannschaftswettbewerbe werden in drei Disziplinen durchgeführt: Florett, Säbel und Degen. Für jede Waffe gelten andere Wertungsregeln. Beim Florett gilt es nur als Treffer, wenn der Oberkörper des Gegners berührt wird. Beim Säbel zählen Berührungen von Oberkörper, Kopf und Armen. Beim Degen ist der ganze Körper des Gegners Trefferfläche. In den oft kurzen, aber spannenden Gefechten greifen die Sportler an, indem sie Ausfallschritte machen und mit der Waffe nach dem Gegner stoßen. Sie wehren ab, indem sie die gegnerischen Stöße parieren (ablenken). Die Sportart setzt einen kühlen Kopf und viel Erfahrung voraus; zunehmendes Alter ist hier kein Nachteil. Aladar Gerevich aus Ungarn gewann von 1932 bis 1960 sechsmal in Serie olympisches Gold im Säbel Einzel.

▲ *Sydney 2000, Florett Einzel der Damen: Olga Tscharkowa aus Russland (links) kämpft gegen Iris Zimmerman aus den USA. Die Fechtbahn oder Planche ist 14 Meter lang und 1,5 Meter breit. Die Waffen sind mit Sensoren versehen, die jeden Treffer elektronisch registrieren.*

▲ *Rollstuhlfechten bei den Paralympischen Spielen 2000: Die Polin Jadwiga Polasik (rechts) kämpft auf ihrem Weg zur Goldmedaille gegen Judit Palfi aus Ungarn. In Sydney gewannen die Polinnen drei der vier Medaillen im Fechten.*

Gewichtheben, Ringen und Boxen

Die Kraftsportarten bei den Olympischen Spielen sind das Gewichtheben, Ringen und Boxen. Die Athleten trainieren lange und hart, um den für ihre Sportart richtigen Körperbau zu erlangen. Jede Sportart erfordert jedoch auch taktisches Geschick und eine Menge technisches Können. In allen drei Sportarten sind die Wettkämpfe in verschiedene Gewichtsklassen unterteilt.

▲ *Der dreifache Olympiamedaillengewinner Naim Suleymanoglu aus der Türkei 1996 im Wettkampf. Sein Gesamtergebnis aus Stoßen und Reißen betrug 1988 342,4 Kilogramm. Er selber brachte nicht einmal 62 Kilogramm auf die Waage (das ist die Obergrenze für das Federgewicht)!*

Gewichtheben

Bei den olympischen Wettkämpfen im Gewichtheben müssen die Athleten verschiedene Hanteln in die Höhe stemmen. Das Gewicht, das sie beherrschen müssen, übersteigt das ihres eigenen Körpers oft um ein Vielfaches. Alle Teilnehmer geben zunächst an, mit welchem Gewicht sie anfangen wollen. Für jedes Gewicht haben sie drei Versuche. Der olympische Wettkampf besteht für alle aus zwei Übungen: Das Stoßen (siehe Zeichnung) umfasst zwei Phasen, das Umsetzen und das Ausstoßen. Beim Reißen dagegen muss das Gewicht in einem Zug nach oben gebracht werden. Die besten Versuche aus beiden Disziplinen werden dann zum Gesamtergebnis zusammengezählt. Das Gewichtheben der Frauen hatte bei den Spielen von 2000 Premiere.

▲ *Beim Umsetzen zieht die Heberin die Hantel zur Brust hoch, hebt sie hoch und geht in die Hocke. Sobald sie die Hantel sicher auf der Brust abgelegt hat, drückt sie sich nach oben und steht auf. Beim Ausstoßen macht sie einen Ausfallschritt und drückt die Hantel hoch, bis beide Arme gestreckt sind.*

▼ *Der Russe Alexander Karelin (im roten Ringerdress) gilt als bester Griechisch-Römischer Ringer der Olympiageschichte. Hier setzt er sich 1996 mit dem Amerikaner Siamak Ghaffari auseinander. Am Ende gewann er den Kampf. Es war die dritte Goldmedaille in Folge.*

Ringen

Im Ringen Freistil und Ringen Griechisch-Römischer Stil geht ein Kampf über zwei Runden von je zwei Minuten Länge. Ausgetragen wird er in einer kreisrunden, gelben Kampffläche mit einem Durchmesser von sieben Metern. Jeder Ringer versucht, seinen Gegner so auf den Boden zu zwingen, dass er diesen mindestens eine Sekunde lang mit beiden Schultern berührt. Bei solch einem Schultersieg ist der Kampf beendet. Ein Kampf kann aber auch nach Punkten gewonnen werden. Im Griechisch-Römischen Ringen ist es verboten, den Gegner unterhalb der Gürtellinie zu fassen, ihm ein Bein zu stellen, die Beine zu packen oder die eigenen Beine aktiv zur Ausführung eines Griffes zu benutzen. Im Freistilringen gelten diese Verbote nicht.

Boxen

An olympischen Boxwettkämpfen dürfen nur Amateure teilnehmen. Die Paarungen werden ausgelost und jeder Kampf besteht aus vier Runden zu je zwei Minuten. Für Treffer an der vorderen Hälfte von Kopf und Oberkörper gibt es Punkte, Schläge unter der Gürtellinie sind dagegen verboten. Damit ein Treffer als Punkt gewertet werden kann, müssen ihn mindestens drei der fünf Kampfrichter anerkennen. Ein Boxer, der den Boden mit den Händen oder dem Körper berührt, gilt als »zu Boden« (k. d.; knocked down) und wird angezählt. Bei »8« entscheidet der Ringrichter, ob der Boxer weiterkämpfen kann. Ist das nicht der Fall, zählt der Ringrichter weiter bis »10« und beendet den Kampf; der Boxer gilt als »k. o.« (knocked out) und hat verloren. Bei Olympischen Spielen wird Sicherheit ganz groß geschrieben. Fouls, Schläge unter die Gürtellinie und andere gefährliche Aktionen können zur Disqualifikation führen. Seit 1984 ist der Kopfschutz Pflicht. Am Ring befindet sich stets ein Ringarzt, der den Kampf aus medizinischen Gründen abbrechen darf.

▲ *Laszlo Papp aus Ungarn war der erste Boxer, dem es gelang, drei olympische Goldmedaillen im Mittelgewicht und Halbmittelgewicht zu holen (1948-1956). Später war er 21 Jahre lang Trainer der ungarischen Box-Nationalmannschaft.*

◀ *Der junge Cassius Clay steht stolz auf dem Siegertreppchen, nachdem ihm die Goldmedaille im Halbschwergewicht überreicht wurde (Rom 1960). Kurz darauf wurde er Profi; 1964 änderte er seinen Namen in Muhammad Ali. Auch Lennox Lewis, George Foreman und viele andere begannen als Amateure.*

▶ *Sydney 2000: Olusegun Ajose aus Nigeria gegen den Amerikaner Ricardo Williams Junior (in Rot). Williams landet mit der Linken einen Körpertreffer. Er gewann Silber im Halbweltergewicht.*

Judo und Taekwondo

Diese asiatischen Kampfkünste wurden als Demonstrationssportarten in das Programm aufgenommen (Judo 1964 in Tokio, Taekwondo 1988 in Seoul), bevor sie vollwertige Medaillensportarten wurden. Judoka und Taekwondoka müssen einen guten Gleichgewichtssinn, Standfestigkeit, Haltung, ein blitzschnelles Reaktionsvermögen und Kraft mitbringen.

▲ Der Franzose David Douillet schlägt in Sydney den Japaner Shinichi Shinohara und holt sich die Judo-Goldmedaille im Schwergewicht. Douillet hatte auch schon 1996 Gold und 1992 Bronze gewonnen.

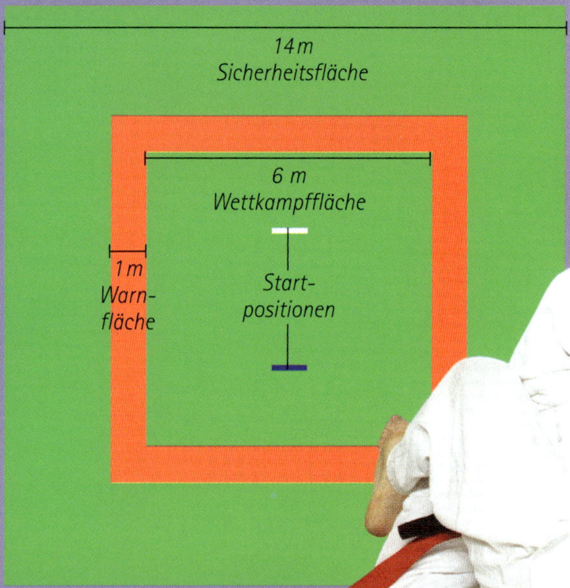

◄ Rund um die Kampffläche befindet sich die so genannte Warnfläche. Die sich daran anschließende Sicherheitsfläche darf von den Kämpfern nicht betreten werden.

► Die Belgierin Nicole Flagothier wird von der Engländerin Nicola Fairbrother geworfen (1992). Fairbrother gewann später Silber im Leichtgewicht.

Judo

Judo ist sowohl eine Form der Selbstverteidigung als auch eine Kampfkunst. Zwei Judoka versuchen, sich gegenseitig aus dem Gleichgewicht zu bringen, indem sie die Stoßkraft des Gegners auf ihn selbst umlenken. Unter den strengen Blicken des Schiedsrichters und mehrerer Außenrichter sammeln die Kämpfer Punkte, indem sie verschiedene Wurf- und Haltetechniken ausführen und den Gegner auf die Matte zwingen. Japan ist die führende Judo-Nation, Medaillengewinner kamen aber auch schon aus Südkorea, Russland, Georgien, Frankreich, den Niederlanden und Kuba.

▲ Die Judoka in Weiß wurde von hinten gepackt und wehrt sich mit einem Hüftwurf (Harai-goshi; Hüftfeger).

▲ Die weiße Kämpferin packt ihre Gegnerin; sie will sie sich buchstäblich auf die Hüften laden.

▲ Mit den Armen schließt die weiße Judoka ihren Wurf ab. Die Gegnerin landet mit dem Rücken auf dem Boden.

Ippon und Waza-ari

Beim Judo endet ein Kampf sofort, wenn es einer der Judoka schafft, einen vollen Punkt zu erzielen, den man Ippon nennt. Er wird vergeben, wenn einer der Kämpfer den Gegner so auf die Matte wirft, dass er größtenteils auf dem Rücken landet. Der Wurf muss außerdem technisch perfekt sein. Ein Ippon wird auch vergeben, wenn es gelingt, den Gegner auf dem Rücken 25 Sekunden lang auf der Matte festzuhalten, oder wenn der Gegner aufgibt. Einen Waza-ari, also einen halben Ippon, erhält, wer den Gegner länger als 20 Sekunden hält oder einen Wurf schafft, der fast allen Bewertungsmaßstäben der Wertungsrichter genügt. Mit zwei Waza-ari ist der Kampf gewonnen. Wird ein Kampf nicht auf diese Weise beendet, gewinnt der Judoka, der nach vier Minuten (Frauen) oder fünf Minuten (Männer) die meisten Punkte hat.

▲ *Darren Kail aus England beim Judo für Blinde mit dem Ukrainer Sergej Sidorenko (Halbleichtgewicht, Paralympics 2000). Die Regeln entsprechen dem normalen Judo. Nur nehmen die Judoka bei Kampfbeginn einen Abstand von einer Armlänge ein.*

▼ *Paul Lyons aus Australien bringt hier einen spektakulären Doppelfußtritt an (Sydney 2000). Lyons nahm in der leichtesten der vier Gewichtsklassen im Taekwondo teil. Sowohl Männer als auch Frauen tragen einen weißen Kampfanzug, dem Dobok.*

Taekwondo

Die Regeln des Jahrhunderte alten Taekwondo wurden erst in der zweiten Hälfte des 20. Jahrhunderts festgeschrieben. Im Jahr 2000 wurde es offizielle olympische Sportart. Taekwondo ist eine faszinierende Mischung aus Anmut und Beweglichkeit einerseits und explosiver Kraftentfaltung andererseits. Die Wucht der Fußtritte und Fauststöße, die beide Kontrahenten austeilen, ist so groß, dass alle Wettkämpfer Schutzkleidung tragen müssen: Helm, eine abgepolsterte Kampfweste, einen Leistenschutz (Tiefschutz) sowie Schienbein- und Unterarmschützer.

Punkte und verbotene Handlungen

Taekwondo ist eine tempobetonte Sportart. Die Kämpfer versuchen, eine Reihe von Angriffstechniken (Fausthiebe und hauptsächlich Tritte) auszuführen und gleichzeitig die gegnerischen Angriffe abzublocken oder diesen auszuweichen. Ziel ist es, auf der 12 auf 12 Meter großen Matte den Gegner niederzuschlagen oder über die Gesamtdauer des Kampfes mehr Punkte zu erzielen. Die Punkte werden von drei Wertungsrichtern vergeben; ein Kampfrichter leitet den Kampf. Ein Kampf geht über drei Runden à drei Minuten. Punkte gibt es für technisch einwandfreie Treffer auf eine der erlaubten Angriffsflächen (der durch die Weste bedeckte Teil des Körpers und das Gesicht). Für verbotene Handlungen werden Punkte abgezogen. Die Strafen sind Kyong-go (Verwarnung, ein halber Minuspunkt) und Gam-jeon (ein Minuspunkt).

Turnen

Die Turnwettkämpfe gehören seit Anbeginn zu den modernen Olympischen Spielen. Die Zuschauer begeistern sich für Anmut, Kraft und Wendigkeit der Turnerinnen und Turner. Zum Kunstturnen gehören heute das Geräteturnen, die Rhythmische Sportgymnastik, die seit 1984 in Los Angeles auf dem Programm steht, und das Trampolinturnen, die jüngste olympische Turndisziplin.

◀ *Bei der Rhythmischen Sportgymnastik in Sydney 2000: Die Weißrussin Julia Raskina mit dem Band. Sie gewann mit 39,548 von 40 Punkten Silber hinter der Russin Julia Barsukow.*

▶ *Das Trampolinturnen gab in Sydney sein olympisches Debüt. Hier ist die Russin Irina Karawajewa zu sehen, die schließlich die Goldmedaille holte. Ihr Landsmann Alexander Moskalenko gewann das erste Trampolingold der Männer.*

Staatsangehörigkeit: Sowjetisch
Spiele: München 1972, Montreal 1976
Disziplinen: Geräteturnen
Medaillen: Viermal Gold, zweimal Silber

Rhythmische Sportgymnastik und Trampolinturnen

Die Rhythmische Sportgymnastik mit Einzel- und Mannschaftswettkämpfen ist den Damen vorbehalten. Die Teilnehmerinnen führen auf einer quadratischen Fläche von 13 Meter Seitenlänge ein Programm mit fünf verschiedenen Handgeräten vor: Seil, Ball, Band, Keulen und Reifen. Die 75 bis 90 Sekunden lange Vorführung wird musikalisch begleitet; das Handgerät soll dabei ständig in Bewegung sein. Drei Wertungsrichterteams vergeben Noten für technische Schwierigkeit, Ausführung und künstlerischen Ausdruck. Der Trampolinwettbewerb beginnt im Qualifikationsdurchgang mit einer Pflicht und einer Kür, bei denen Haltung und technische Schwierigkeit bewertet werden. Die besten Teilnehmer führen dann im Finale ein individuell gestaltetes Programm vor. Es muss zehn anerkannte Übungsteile enthalten, zu denen u. a. die Landung auf dem Bauch und auf dem Rücken sowie ein Salto vorwärts mit Schrauben zählen. Zu den spektakulärsten Sprüngen gehören der Triffis (ein dreifacher Salto mit Schraube) und der Randolf (ein Salto vorwärts mit zweieinhalbfacher Schraube).

Geräteturnen

Das Geräteturnen umfasst eine ganze Reihe von Turngeräten. Einzelmedaillen gibt es bei den Frauen für Schwebebalken, Pferdsprung, Stufenbarren und Bodenturnen, bei den Männern für Reck, Barren, Ringe, Seitpferd, Pferdsprung und Bodenturnen. Im Mannschaftsmehrkampf sowie dem Mehrkampf Einzel werden die besten Allround-Turner gekürt. Bei jeder Turnvorführung beurteilen zwei Wertungsrichter die technische Schwierigkeit mit einer Note zwischen 1 und 10. Ein zweites Kampfgericht, das aus sechs Wertungsrichtern besteht, vergibt Noten von 1 bis 10 für die Ausführung. Für Fehler werden Punkte abgezogen. Die höchste und niedrigste Note für die Ausführung werden gestrichen. Anschließend wird der Durchschnitt aus den restlichen vier Wertungsnoten ermittelt.

◀ *Mannschaftsmehrkampf der Männer, Sydney 2000: Alexander Beresch aus der Ukraine turnt am Barren. Bereschs Mannschaft holte am Ende Silber hinter China.*

▶ *Blaine Wilson aus den USA beim Pferdsprung: Der Turner läuft an, springt vom Sprungbrett ab und setzt die Hände aufs Pferd. Er stößt sich ab, wirbelt durch die Luft und landet dann sicher auf dem Boden.*

▼ *Die Rumänin Nadia Comaneci (hier am Schwebebalken) begeisterte 1976 in Montreal die Zuschauer. Sie war die erste Turnerin, die bei Olympischen Spielen von den Wertungsrichtern eine glatte 10 bekam.*

Anmut und Perfektion

Das Turnen erfuhr in den Siebzigerjahren einen wahren Boom. Das war besonders zwei Turnerinnen zu verdanken: Olga Korbut aus der Sowjetunion glänzte mit ihren höchst eleganten und originellen Auftritten; die Rumänin Nadia Comaneci begeisterte das Publikum mit technisch makellosen Darbietungen. Die Anmut und die Haltung, die beim Geräteturnen gezeigt werden, lassen oft vergessen, welch ungeheure Kraft dazu nötig sind. Daneben brauchen gute Turner Biegsamkeit, ein perfektes Timing, künstlerisches Gespür und Originalität bei der Ausgestaltung des Programms. Für alle Geräte ist außerdem der perfekt ausbalancierte Abgang wichtig.

◀ *Sydney 2000: Elena Samolotschikowa aus Russland führt beim Bodenturnen ihr Programm vor. Bei den Frauen wird das Bodenprogramm zur Musik geturnt. Die Turnerinnen interpretieren die Musik und absolvieren dabei bestimmte Übungsteile, z. B. Saltos und Schrauben.*

Barcelona 1992

▲ *Das offizielle Olympia-Logo von Barcelona war sehr farbenprächtig. Es zeigte einen stilisierten Hürdenläufer, der die olympischen Ringe überspringt.*

Barcelona sollte schon 1924 die Sommerspiele ausrichten, doch damals entschied man sich in letzter Minute für Paris. Im Jahr 1992 präsentierte sich Barcelona als perfekter Gastgeber für die erste Olympiade seit 20 Jahren, die nicht von Boykotten betroffen war. In Erinnerung bleiben werden eine Reihe spannender Wettkämpfe, die großartigen Eröffnungs- und Schlusszeremonien und viele tolle Sieger.

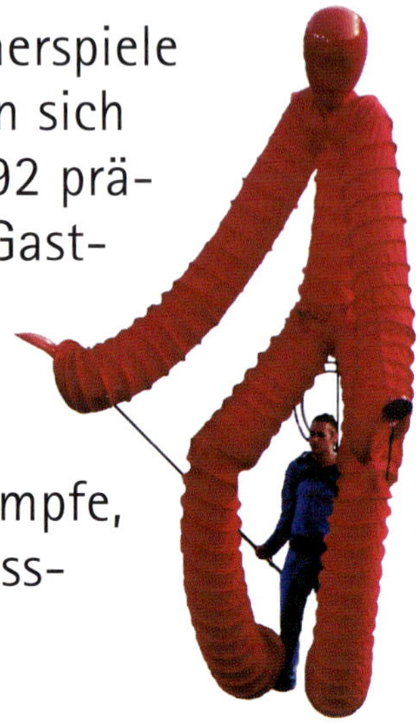

▲ *Die fantasievolle Eröffnungsfeier wurde weltweit von fast zwei Milliarden Fernsehzuschauern verfolgt.*

Paralympische Spiele

In Seoul hatten 1988 die Paralympioniken erstmals ihre Wettkämpfe in denselben Sportstätten ausgetragen wie ihre nicht behinderten Kollegen. Unter Mithilfe von 8000 Freiwilligen wurden die Paralympics in Barcelona weiter ausgebaut. Mehr als 3000 Athleten aus 82 Nationen nahmen daran teil und stellten 279 neue Weltrekorde auf; 1,5 Millionen Zuschauer sahen zu. Damit waren die Paralympics für die Zukunft als sportliche Großveranstaltung nicht mehr wegzudenken.

◀ *Die englische Sportlerin Tanni Gray trumpfte bei den Paralympics richtig auf: Sie gewann Gold über 100, 200, 400 und 800 Meter.*

Die Welt trifft sich

Mit der Rekordzahl von 9367 Teilnehmern aus 169 Nationen war Barcelona die bis dahin größte Sommerolympiade. Südafrika wurde nach dem Ende der Rassentrennung nach 32 Jahren wieder in die olympische Bewegung aufgenommen. Da sich die Sowjetunion gerade in eine Reihe kleiner Republiken auflöste, traten ihre Athleten für die »Gemeinschaft unabhängiger Staaten« (GUS) als »Vereinigtes Team« (VT) an. Namibia, Kroatien und Slowenien waren zum ersten Mal dabei. Deutschland nahm nach der Wiedervereinigung erstmals seit 1936 wieder mit einer gesamtdeutschen Mannschaft teil und brachte es auf stolze 33 Goldmedaillen. Beim Hockey der Männer war die Familie Keller in dritter Generation bei Olympischen Spielen vertreten: Wie schon sein Großvater Erwin 1936 und sein Vater Carsten 1972 holte auch Andreas Keller Gold.

◀ *Die amerikanische Basketballmannschaft mit vielen Superstars aus der Profiliga NBA hieß bald nur noch »Dream Team«. Auf dem Weg zur Goldmedaille machte es in jedem Spiel über 100 Punkte. Hier greift Michael Jordan mit der 9 (zwischen seinen Mitspielern Larry Bird, Magic Johnson und Scottie Pippen) nach einem Abpraller.*

▶ *Der weißrussische Turner Witali Scherbo zeigt an den Ringen einen perfekten Kreuzhang. Scherbo, der zum Vereinigten Team gehörte, gewann diesen und fünf weitere Turnwettkämpfe. Er war der erfolgreichste Athlet der Spiele.*

MEDAILLENSPIEGEL	G	S	B
VT	45	38	29
USA	37	34	37
Deutschland	33	21	28
China	16	22	16
Kuba	14	6	11
Spanien	13	7	2
Südkorea	12	5	12
Ungarn	11	12	7
Frankreich	8	5	16
Australien	7	9	11

Mancher Traum wird wahr ...

Da die spanische Regierung Angst vor terroristischen Angriffen hatte, investierte sie rund 400 Millionen Dollar in die Sicherheitsvorkehrungen, doch es kam zu keinen größeren Zwischenfällen. Dramatisch verliefen nur die Wettkämpfe. Der Engländer Linford Christie gewann die 100 Meter und wurde mit 32 Jahren zum ältesten Sieger aller Zeiten in dieser Disziplin. Im Stabhochsprung schied der sichere Favorit Sergej Bubka bereits bei der Anfangshöhe aus. Badminton gab sein olympisches Debüt und wurde von Südkorea und Indonesien dominiert. Auch Frauenjudo und Männerbaseball waren zum ersten Mal olympisch. Beim Basketball waren zum ersten Mal Profis zugelassen. Hier dominierte das amerikanische »Dream Team«, das sogar den Silbermedaillengewinner Kroatien mit einem 32-Punkte-Vorsprung abservierte.

▶ *Beim 400-Meter-Halbfinale zog sich der englische Läufer Derek Redmond eine Verletzung an der Achillessehne zu. Trotzdem bestand er darauf, das Rennen zu beenden. Unter Höllenschmerzen und gestützt von seinem Vater humpelte er den Rest der Strecke ins Ziel.*

▲ *Die deutschen Hockeyfrauen wehren in Barcelona eine kurze Ecke ab. Das Team unterlag im Finale den Spanierinnen. Die deutschen Hockeymänner schlugen im Endspiel Australien und holten sich verdient die Goldmedaille.*

Auf dem Wasser

Prinz Felipe, der Sohn des spanischen Königs Juan Carlos, trat bei einem Segel-Einzelwettbewerb an, konnte jedoch keine Medaille erringen. Beim Achter der Männer nahm Kanada dem rumänischen Team die Goldmedaille ab – nur 30 Zentimeter trennten die beiden Mannschaften. In der gleichen Disziplin trat der elfjährige Carlos Front als Steuermann des spanischen Achters an. Er war der jüngste Olympiateilnehmer seit 1896!

▶ *Über 10 000 Meter gewann mit Derartu Tulu (links) aus Äthiopien zum ersten Mal eine Schwarzafrikanerin eine olympische Goldmedaille.*

Radsport

Seit 1896 waren unterschiedliche Radsportdisziplinen olympisch. Einige Wettbewerbe wie das 2000-Meter-Tandem-Rennen sind auf der Strecke geblieben, andere wie das Keirin hinzugekommen. Seit Anfang der Neunzigerjahre dürfen auch Radprofis, die ihren Lebensunterhalt mit der Tour de France und anderen Rennen bestreiten, bei den Olympischen Spielen mitmachen.

▲ *Massenstart beim Straßenrennen der Frauen in Sydney. Mit im Feld ist Hanka Kupfernagel aus Berlin, die hinter der Niederländerin Leontien Zijlaard Silber holte.*

◀ *Miguel Martinez aus Frankreich meistert in Sydney 2000 beim Mountainbike Cross-Country der Männer eine schwierige Abfahrt. Er gewann Gold in seiner Disziplin.*

Mountainbike Cross-Country

Beim Radsport wird zwischen Bahn, Straße und Mountainbike unterschieden. Mountainbike ist der jüngste olympische Neuzugang. Das Rennen dauert üblicherweise zweieinhalb Stunden. Dabei werden mehrere Runden absolviert. Die kurvenreiche Strecke ist gespickt mit steilen Anstiegen, Rinnen und schnellen Abfahrten. Die Distanz beträgt bei den Männern zwischen 40 und 50 und bei den Frauen zwischen 30 und 40 Kilometer. An manchen Stellen steigen einige Radfahrer ab und tragen ihr Rad. Andere gehen volles Risiko und versuchen im Sattel zu bleiben. Zusammenstöße und Pannen sind nicht selten. Daher führen die Teilnehmer für alle Fälle Bordwerkzeug am Rad mit.

▶ *Großbritannien überholt beim Mannschaftsverfolgungsfahren im Velodrom von Sydney Russland. Die ultraleichten Räder haben keine Bremsen.*

Auf der Straße

Es gibt zwei olympische Straßenwettbewerbe: das Einzelzeitfahren über ca. 50 Kilometer (Männer) und 30 Kilometer (Frauen) sowie das Straßenrennen über ca. 200 Kilometer (Männer) und 110 Kilometer (Frauen). Beim Einzelzeitfahren gehen die Teilnehmer im Abstand von 90 Sekunden ins Rennen. Beim Straßenrennen ist Teamwork angesagt: Die Radfahrer eines Landes lassen ihren besten Fahrer im Windschatten fahren; so spart er Kraft für den Zielsprint. In Sydney gewann der Deutsche Jan Ullrich Gold im Straßenrennen. Im Einzelzeitfahren musste er sich dem Russen Wjatscheslaw Jekimow beugen.

◀ *Sydney 2000: Leontien Zijlaard aus Holland beim 3000-Meter-Einzelverfolgungsrennen, das sie gewann. Rad und Fahrerin sind mit den speichenlosen Scheibenrädern und den nach vorne weisenden Lenkergriffen besonders stromlinienförmig.*

Im Radstadion

Die meisten olympischen Radsportwettbewerbe werden auf der steilen Bahn des Velodroms ausgetragen. Beim Bahnradsport unterscheidet man zwischen Sprintrennen (Distanzen zwischen 500 und 2000 Meter) und Ausdauerwettbewerben (Distanzen bis 60 Kilometer). Bei Einzelverfolgungsrennen starten zwei Fahrer jeweils von der Mitte der gegenüberliegenden Geraden und versuchen die Strecke (4000 Meter bei den Männern, 3000 Meter bei den Frauen) schneller zurückzulegen als der Gegner. Das Mannschaftsverfolgungsfahren funktioniert ähnlich, allerdings arbeiten hier je vier Fahrer als Mannschaft zusammen. Die Uhr wird für jedes Team angehalten, wenn der jeweils dritte Fahrer die Ziellinie überquert hat. Das 1000-Meter-Zeitfahren ist ein schnelles Sprintrennen. Im Keirin werden alle Fahrer über die ersten 1400 Meter der 2000-Meter-Strecke von einem motorisierten Schrittmacherfahrzeug (Derny) geführt. Dann ziehen die Fahrer zum Zielsprint an.

Staatsangehörigkeit: Französisch
Spiele: Los Angeles 1984, Seoul 1988, Barcelona 1992, Atlanta 1996, Sydney 2000
Disziplinen: Einzelzeitfahren, Straßenrennen
Medaillen: Einmal Gold, zweimal Silber, einmal Bronze

Reiten

Das Rennen mit vierspännigen Streitwagen zählte zu den aufregendsten und gefährlichsten Wettbewerben der Olympischen Spiele des Altertums. Das moderne Reitprogramm, das aus Springen, Dressur und Vielseitigkeitsreiten (Military) besteht, wurde 1912 eingeführt. Bei diesen olympischen Wettkämpfen ist es geblieben. Im Jahr 1956 durften die Pferde aufgrund der australischen Quarantänebestimmungen nicht nach Australien gebracht werden; daher wurden die Reitwettbewerbe in Stockholm abgehalten.

Staatsangehörigkeit: Deutsch
Spiele: Melbourne (Stockholm) 1956, Rom 1960, Tokio 1964, München 1972, Montreal 1976
Disziplin: Springreiten (Einzel und Mannschaft)
Medaillen: Fünfmal Gold (dreimal auf Halla), einmal Silber, einmal Bronze

◀ *Beim Reiten treten Männer und Frauen in einer Mannschaft bzw. gegeneinander an. Hier überspringt die Amerikanerin Margie Goldstein mit ihrem Pferd Perin bei der Qualifikation zum Einzelspringen ein Gatter (Sydney 2000).*

Springen

Beim Olympischen Springreiten müssen Pferd und Reiter einen Springparcours mit 15 bis 20 Hindernissen bewältigen. Zu den Hindernissen gehören der Wassergraben, das Rick (übereinander angeordnete Stangen) und Kombinationen aus zwei oder drei Hindernissen hintereinander. Ziel ist es, möglichst keine Strafpunkte zu bekommen, die »Fehler« genannt werden. Als Fehler gilt es, wenn das Pferd einen Teil des Hindernisses wirft, vor einem Hindernis verweigert, in den Wassergraben tritt oder Hindernisse in der falschen Reihenfolge überspringt. Wenn nach dem Wettbewerb zwei Reiter auf dem ersten Platz liegen, wird der Parcours neu angelegt und ein Stechen gegen die Uhr angesetzt. Wer die wenigsten Fehler macht bzw. die bessere Zeit hat, gewinnt.

Dressur

Beim Dressurreiten müssen Reiter und Pferd bei den komplexen Aufgaben hundertprozentig harmonieren: So muss etwa eine Acht in drei Gangarten (Schritt, Trab und Mittelgalopp) geritten werden. Fünf Kampfrichter bewerten die Darbietung, indem sie Noten für jeden Übungsteil vergeben. Der Reiter soll jederzeit ruhig und aufrecht auf dem Pferd sitzen, das Pferd soll auf die Anweisungen reagieren. Der Reiter darf weder sprechen noch sonstige Geräusche machen; Reitgerten sind nicht erlaubt. Beim Einzelwettbewerb ist der letzte Durchgang die Kür, bei der jeder Reiter sein eigenes Programm mit Musik darbietet. Beim Mannschaftsdressurreiten treten Teams aus je vier Reitern an. Die Ergebnisse der besten drei Reiter jeder Mannschaft werden anschließend zur Gesamtwertung zusammengezählt.

▲ Dressurreiterinnen und -reiter tragen eine Uniform aus Zylinder, Frack und Reithose. Hier ist die Australierin Kristy Oatley-Nist im Dressur Einzel zu sehen (Sydney 2000).

◀ Sydney 2000: Die Medaillengewinner des dreitägigen Wettbewerbs im Vielseitigkeitsreiten Einzel gratulieren einander: David O'Connor (Gold), Andrew Hoy (Silber) und Mark Todd (Bronze).

▼ Die englische Reiterin Leslie Law treibt ihr Pferd beim Geländereiten durch das Wasser (Vielseitigkeitsreiten Mannschaft, Sydney 2000). Die vierköpfige englische Mannschaft holte in diesem Wettbewerb Silber.

Vielseitigkeitsreiten

Das Vielseitigkeitsreiten (Military) geht über drei Tage. Sowohl beim Einzel- als auch beim Mannschaftswettbewerb absolvieren Pferd und Reiter eine Dressurprüfung, das Geländereiten und einen Springparcours. Das Geländereiten geht querfeldein über eine ca. 25 Kilometer lange Strecke und wartet mit verschiedenen Prüfungen auf. Dazu gehören ein Jagdspringen und ein Hindernis-Abschnitt, bei dem Pferd und Reiter Senken, Bäche, Böschungen und Wassergräben meistern müssen. Am Ende dieses aufreibenden Tages ist noch ein Springparcours angesagt, bei dem die Hindernisse allerdings etwas niedriger sind als beim Springen am nächsten Tag. In allen Abschnitten des Geländerittes müssen die Reiter innerhalb der Zeitvorgaben bleiben und sollten möglichst wenige Fehler kassieren.

▶ Atlanta 1996: Gillian Rolton aus Australien stürzt beim Vielseitigkeitsreiten von ihrem Pferd Peppermint Grove. Obwohl sie sich das Schlüsselbein und zwei Rippen brach, saß sie wieder auf und ritt den Parcours zu Ende. Zusammen mit ihrer Mannschaft errang sie die Goldmedaille.

Mannschafts-sportarten 1

Bei Baseball der Männer und Softball der Frauen treten zwei Mannschaften mit je neun Spielern gegeneinander an. Ein Feldhockeyteam besteht aus zehn Feldspielern und einem Torwart. Im Basketball versuchen zwei Mannschaften mit je fünf Spielern möglichst viele Bälle im Korb zu versenken.

▲ Der Schlagmann versucht ein Laufmal zu berühren, bevor der Ball zum gegnerischen Feldspieler gelangt, der das Mal bewacht (dem so genannten Baseman). Hier gelingt das dem Amerikaner Ernie Young.

◀ Sydney 2000: Im Halbfinale zwischen den USA und Südkorea erwartet Ernie Young einen Wurf. Der Ball kommt mit einer Geschwindigkeit von bis zu 160 km/h angeflogen.

Baseball

Baseball für Männer wurde 1992 olympisch. Die Teams übernehmen im Wechsel die Rolle der verteidigenden Feldmannschaft und der angreifenden Schlagmannschaft. Ein Spiel besteht aus neun Spielabschnitten (Innings), in denen jede Mannschaft einmal als Angreifer versucht, mehr Läufe (Runs) als der Gegner zu schaffen. Für jeden Lauf gibt es einen Punkt. Ein Lauf wird gewertet, wenn ein Schlagmann alle drei Laufmale (Bases) umrundet und sicher zum Schlagmal zurückkehrt, von dem aus er losgelaufen ist (Homeplate). Ein Schlagmann ist »aus«, wenn er keinen von drei gültigen Würfen (Pitches) trifft und ins Spielfeld schlägt. Dann wird einer seiner Teamkollegen von der Bank Schlagmann. Trifft der Schlagmann den Ball, läuft er zum nächsten Laufmal. Er muss dort ankommen, ehe der Ball zu dem Feldspieler gelangt, der das Laufmal bewacht. Sobald drei Spieler aus sind, wechseln die Mannschaften die Rollen. Kuba und die USA sind Baseball-Erzrivalen: Kuba gewann 1992 und 1996 Gold, die USA siegten in Sydney.

▶ Beim Softball fängt eine Feldspielerin den Ball. Sobald sie ihn im Handschuh hat, wirft sie ihn mit der anderen Hand zu einer Teamkollegin, die an einem Laufmal steht.

Softball

Softball für Frauen wird bei Olympia seit 1996 gespielt. Es hat viel Ähnlichkeit mit Baseball. Auch beim Softball wird geworfen und geschlagen, die Entfernung zwischen dem Werfer und der Schlagfrau ist jedoch geringer als beim Baseball. Außerdem sind die vier Laufmale nicht so weit voneinander entfernt wie beim Baseball. Dadurch ist Softball schneller als Baseball. Der Ball ist größer und etwas weicher und wird von der Werferin mit hoher Geschwindigkeit per Unterarmwurf geworfen. Die USA haben beide olympische Wettbewerbe gewonnen, die es bisher gegeben hat.

▶ Die Werferin zieht beim Softball den Wurfarm kräftig durch. Im Jahr 1996 hat man einmal eine Geschwindigkeit von 118 km/h gemessen.

Feldhockey

Feldhockey steht für Männer seit 1908 und für Frauen seit 1988 auf dem olympischen Programm. Zwei Mannschaften zu je elf Spielern treten gegeneinander an. Gespielt wird mit Stöcken, deren hakenförmig gebogenes Ende auf einer Seite rund, auf der anderen flach ist. Der Ball darf nur mit der flachen Seite gespielt und mit keinem Teil des Körpers berührt werden. Die Torwarte tragen Schutzkleidung und dürfen innerhalb ihres Schusskreises (Radius 7,5 Meter) den ganzen Körper zur Abwehr eines Balles einsetzen. Tore können nur durch Schüsse erzielt werden, die innerhalb des Schusskreises abgegeben werden. Das Spiel geht über zwei Hälften à 35 Minuten. Bei einem Unentschieden geht es in die Verlängerung. Zwei Schiedsrichter leiten das Spiel. In München 1972 brachen die deutschen Hockeymänner die lange Vorherrschaft der Inder und Pakistani; seither feierten auch die Niederlande, Australien und England Erfolge.

◀ *Feldhockey verlangt ein hohes Maß an Athletik, Mannschaftsgeist und Geschicklichkeit. Hier versucht Kuhan Shanmuganathan aus Malaysia (im orangefarbenen Trikot) seinen Gegner, den Argentinier Edgardo Palios, zu umspielen (Atlanta 1996).*

▼ *Dieser Basketballer springt hoch in die Luft, um den Ball in den Korb zu dunken. Das bringt zwei Punkte. Der Korb ist in einer Höhe von 3,05 Metern angebracht.*

Basketball

Basketball ist seit 1936 olympisch. Eine Basketballmannschaft besteht aus fünf Spielern; eine Partie geht über zwei Halbzeiten zu je 20 Minuten. Die Spieler passen sich den Ball zu oder dribbeln ihn und versuchen ihn schnellstmöglich im Korb des Gegners zu versenken. Für einen Treffer, der aus der Freiwurfzone erzielt wird, gibt es zwei Punkte, für einen Korb, der von jenseits der Drei-Punkte-Linie erzielt wurde, drei Punkte. Auf ein Foul folgt ein Freiwurf, wobei jeder erfolgreiche Wurf einen Punkt bringt. Basketball ist ein sehr temporeiches Spiel. Hat ein Spieler den Ball angenommen, muss er ihn schon nach fünf Sekunden weiterspielen. Jede Mannschaft hat 30 Sekunden Zeit, einen Treffer zu machen; ansonsten wechselt der Ballbesitz. Die olympischen Basketballturniere werden traditionell von den USA beherrscht: Sechzehnmal haben sie schon Gold geholt.

▲ *Rollstuhlbasketball ist einer der beliebtesten paralympischen Wettbewerbe. Hier platziert die Engländerin Kristina Small einen Wurf (Sydney 2000).*

Mannschaftssportarten 2

Fußball, Volleyball und Handball ziehen bei Olympischen Spielen große Zuschauermassen an. Fußball stand erstmals im Jahr 1900 auf dem Programm, Volleyball hatte erst 1964 in Tokio Olympiapremiere. Handball wurde 1936 als Freiluftsportart gespielt und kam 1972 als Hallensportart mit sieben statt elf Spielern wieder ins Programm. Beachvolleyball wurde erst 1996 als vollwertige olympische Sportart eingeführt.

▲ Ein Fußballspieler darf den Ball mit allen Körperteilen außer den Händen und den Armen spielen. Hier nimmt ein Spieler den Ball mit der Brust an und lässt ihn weich vor die Füße abtropfen.

◀ Das norwegische Frauenfußballteam stellt sich mit seinen Goldmedaillen zum Siegerfoto auf. Das Finale gegen die USA konnten die Norwegerinnen in der Verlängerung mit 3:2 für sich entscheiden.

▼ Die Kameruner feiern in Sydney ihren Olympiasieg, nachdem sie Spanien im Elfmeterschießen geschlagen haben.

Fußball

Fußball ist die beliebteste Mannschaftssportart der Welt, die von Männern und Frauen auf allen Kontinenten gespielt wird. Das Fußballturnier ist bei Olympischen Spielen eines der Highlights – 1956 zog etwa im australischen Melbourne die Vorrundenbegegnung zwischen Schweden und Brasilien 93 000 Zuschauer an. In olympischen Fußballturnieren gibt es ab dem Viertelfinale Verlängerung, wenn ein Spiel nach Ablauf der regulären Spielzeit unentschieden steht. Ist eine Partie auch nach der Verlängerung nicht entschieden, kommt es zum Elfmeterschießen – das ist Nervenkitzel und Spannung pur!

▼ Beim Fußball darf der Torwart als einziger Spieler den Ball mit der Hand berühren – allerdings nur innerhalb seines eigenen Strafraums.

Vom Amateurkick zum Profisport

Ursprünglich durften nur Amateurfußballer an den Spielen teilnehmen, doch seit den Achtzigerjahren sind – mit ein paar Einschränkungen – auch Profis zugelassen. Am olympischen Fußballturnier von Sydney im Jahr 2000 nahmen z. B. so bekannte Profikicker wie Ronaldinho aus Brasilien, Etame Lauren aus Kamerun oder Hidetoshi Nakata aus Japan teil. Bei diesem Turnier fielen in jedem Spiel durchschnittlich drei Tore. Die größte Veränderung im olympischen Fußball fand in den Neunzigerjahren statt, als Frauenfußball eingeführt wurde. Das erste Frauenturnier fand 1996 statt und wurde von den USA gewonnen. Im Jahr 2004 in Athen kämpfen 10 Frauen- und 16 Männermannschaften um Gold.

Volleyball

Sowohl Hallen- als auch Beachvolleyball werden auf einem Spielfeld ausgetragen, das 18 Meter lang und 9 Meter breit ist. Das Netz ist bei den Männern in einer Höhe von 2,43 Meter, bei den Frauen in einer Höhe von 2,24 Meter gespannt. Beim Hallenvolleyball stehen sich zwei Mannschaften mit je sechs Spielern gegenüber. Sie versuchen den Ball auf der anderen Seite auf den Boden zu schlagen. Spätestens nach der dritten Ballberührung muss der Ball übers Netz gehen. Beachvolleyball wird nach fast denselben Regeln auf einer eingeebneten Sandfläche gespielt. Der Ball hat die gleiche Größe, ist aber härter aufgepumpt; dadurch ist er schwerer und weniger windanfällig. Die Mannschaften bestehen nur aus zwei Spielern.

▼ Endspiel im Beachvolleyball der Frauen in Sydney: Die Australierin Kerri Potthարst hechtet nach dem Ball. Potthast und ihre Partnerin Natalie Cook holten schließlich gegen Brasilien die Goldmedaille.

► Der Spanier Rafael Pascual blockt beim Hallenvolleyballturnier der Männer einen Schlag des Niederländers Reinder Nummerdor ab (Sydney 2000). Die Niederlande gewannen das Spiel am Ende mit drei zu eins Sätzen.

Handball

Handball ist ein schnelles Spiel, bei dem sich viel vor den Toren abspielt. Es ist in Osteuropa sehr beliebt. Bei Olympischen Spielen treten zwei Mannschaften mit je sieben Spielern auf einem Feld gegeneinander an, das 40 Meter lang und 20 Meter breit ist. Die Spieler werfen den relativ kleinen Ball hin und her und versuchen, ihn im günstigsten Moment am gegnerischen Torwart vorbei ins Netz zu werfen. Sechs Meter vor dem Tor ist jeweils ein D-förmiger Torraum markiert; nur der Torwart darf dort aktiv spielen. Der Torwart ist auch der Einzige, der zur Abwehr eines Torwurfs Füße und Unterschenkel einsetzen darf. Nachdem ein Spieler den Ball gefangen hat, darf er höchstens drei Schritte damit machen und ihn höchstens drei Sekunden lang halten. Man darf den Ball auch wie beim Basketball dribbeln und über den Boden rollen lassen; auch fliegende Wechsel sind erlaubt.

◄ Die dänische Frauenhandballmannschaft, die schon 1996 Olympiasieger wurde, hat sich zum Siegerfoto aufgestellt, nachdem sie auch im Jahr 2000 Gold geholt hat. Die Däninnen holten gegen Ungarn einen 6-Punkte-Rückstand auf und gewannen das Endspiel mit 31:27; allein 11 Treffer gingen auf das Konto von Anette Hoffman Moberg.

◄ Die Brasilianerin Viviani Emerick springt in Sydney hoch, um den Ball auf das Tor zu werfen. Beim Frauenhandball hat der Ball einen Durchmesser von 54 bis 56 Zentimeter, bei den Männern sind es 58 bis 60 Zentimeter.

▲ *Sydney 2000: Großbritannien gegen China. Im Doppel holten alle drei chinesischen Badminton-Duos eine Medaille. Die chinesische Mannschaft als Ganzes gewann 8 der 15 Medaillen, die zu vergeben waren.*

Schlägersportarten

Tennis ist eine der beliebtesten und meistgespielten Ballsportarten der Welt. Als es 1988 wieder olympisch wurde, waren die Fans daher begeistert. Tischtennis und Badminton stehen zwar auch erst seit 1988 bzw. 1992 auf dem Programm, haben aber vor allem in Europa und Asien eine treue Anhängerschaft.

Badminton

Badminton, für viele eine hübsche Freizeitbeschäftigung, ist auch die schnellste aller Schlägersportarten. Beim Badminton treten Spieler einzeln oder paarweise gegeneinander an. Mit leichten Schlägern bringen sie den Federball, der aus Nylon oder Federn besteht, über das Netz in die gegnerische Spielhälfte. Der aufschlagende Spieler erzielt Punkte, indem er den oder die Gegner zu Fehlern zwingt – den Federball ins Netz oder ins Aus zu schlagen ist beispielsweise ein Fehler – oder indem er den Federball auf den Boden der gegnerischen Spielhälfte schlägt. Ein Match wird auf zwei Gewinnsätze gespielt. Die Spieler müssen sehr wendig und reaktionsschnell sein, da der Federball bis zu 260 km/h schnell werden kann.

▶ *Badminton Doppel der Männer: Yao Yong-Sung aus Südkorea springt in die Höhe, um einen Vorhand-Überkopf-Smash zu schlagen. Er und sein Partner Lee Dong-Soo gewannen in Sydney schließlich Silber.*

▶ *Bei einem Tischtennismatch in Sydney wirft sich der angreifende Spieler in einen Vorhand-Schmetterball. Er muss den kraftvollen Schlag genau timen und präzise setzen, damit der Ball auf der gegnerischen Tischhälfte landet, die nur 1,37 Meter lang und 1,525 Meter breit ist.*

Tischtennis

Auch im Tischtennis liegen zwischen der Freizeitbeschäftigung und dem olympischen Sport Welten. Jüngste Regeländerungen haben die angriffsbetonte Spielweise noch befördert; Toppspieler treffen noch bis zu 160 km/h schnelle Bälle. In der olympischen Endrunde wird ein Match auf drei Gewinnsätze gespielt. Um einen Satz zu gewinnen, muss ein Spieler 11 Punkte erzielen. Bei Punktgleichheit (10:10) gewinnt derjenige, der bei wechselndem Aufschlag zuerst einen Vorsprung von zwei Punkten herausspielt. Beim Tischtennis kommt es auf Kraft, Ausdauer, Präzision, Schnelligkeit und Taktik an. Meisterspieler verfügen über ein riesiges Repertoire an Schlagvarianten und können dem Ball einen solchen Drall mitgeben, dass er mitten in der Luft oder beim Aufspringen schlagartig die Richtung wechselt.

◀ *Reaktionsschnelle Abwehr im Tischtennis: Abwehrschläge werden oft mit Unterschnitt gespielt, damit sich der Ball nach dem Aufspringen rückwärts dreht (Backspin) und langsamer wird.*

▶ *Tennis Einzel in Sydney: Jewgeni Kafelnikow bei einem knallharten Aufschlag. Der aufschlagende Spieler versucht den Ball so auf die gegnerische Seite zu schicken, dass der Gegner Schwierigkeiten hat ihn anzunehmen. Einen Aufschlagball, der für den Gegner unerreichbar ist, bezeichnet man als Ass. Kafelnikow schlug im Finale den Deutschen Thomas Haas in fünf Sätzen.*

Tennis

Nach einer 64-jährigen Pause feierte Tennis in Seoul 1988 sein olympisches Comeback. Auch Profis dürfen teilnehmen. Das olympische Tennisturnier umfasst die Disziplinen Einzel Männer und Frauen sowie Doppel Männer und Frauen. Sowohl bei den Männern als auch bei den Frauen wird im K.-o.-System auf zwei Gewinnsätze gespielt; nur im Finale der Männer sind es drei Gewinnsätze. Die Spieler, die im Halbfinale unterliegen, spielen um die Bronzemedaille. Spitzentennisspieler müssen schnell auf die Schläge ihrer Gegner reagieren und brauchen einen genauen, kräftigen Aufschlag. Manche Spieler halten sich am liebsten hinten an der Grundlinie auf; andere machen lieber dicht am Netz mit volley geschlagenen Bällen und Schmetterbällen kurzen Prozess mit ihrem Gegner.

▶ *Die amerikanerische Star-Tennisspielerin Venus Williams lässt den Ball nicht aus den Augen, während sie zu einer beidhändig geschlagenen Rückhand ausholt. Sie sicherte sich bei der Olympiade von Sydney zwei Goldmedaillen: Neben dem Einzel gewann sie gemeinsam mit ihrer Schwester Serena das Doppel.*

Sydney 2000

Am 15. September 2000 wurde die größte Show der Welt zum zweiten Mal in Australien eröffnet. Nach den fröhlichen, aber unspektakulären Olympischen Sommerspielen von 1956 in Melbourne hob die Olympiade in Sydney die Spiele auf eine völlig andere Ebene. Nach 16 Tagen, geschichtsträchtigen Momenten und schier unglaublichen Leistungen erklärte Juan Antonio Samaranch die Spiele von Sydney zu den besten aller Zeiten. Nur wenige mochten dem widersprechen.

▲ Das offizielle Logo der Olympischen Sommerspiele von 2000. Sie waren die bisher größten Spiele: 10 651 Athleten aus 199 Nationen bestritten 300 verschiedene Disziplinen aus 31 Sportarten in 36 Sportstätten, darunter das riesige Olympiastadion an der Homebush-Bucht in Sydney.

▼ Cathy Freeman faszinierte mit ihrem Sieg im 400-Meter-Lauf, bei dem sie extrem unter Druck stand, das Publikum im Stadion und in der ganzen Welt. Als Symbolfigur für die australischen Ureinwohner, die Aborigines, hatte sie bei der Eröffnungsfeier als Schlussläuferin des Olympischen Fackellaufes das Olympische Feuer entzündet.

Tolles Publikum

Die Spiele von Sydney verdankten ihren Erfolg zu einem großen Teil den Australiern, die zu Tausenden als freiwillige Helfer mitarbeiteten, in Massen zu den Wettkämpfen strömten und sich einen Großteil der fünf Millionen Tickets schnappten, die es zu kaufen gab. Die australischen Sportler revanchierten sich mit den besten olympischen Leistungen, die sie je zustande gebracht hatten. Sie errangen 58 Medaillen. Die australischen Zuschauer wurden einhellig für ihre Fairness gelobt. Beim Weitsprung der Männer feuerten sie z. B. frenetisch den Kubaner Ivan Pedroso an – selbst dann noch, als dieser bereits dem Australier Jai Taurima den Goldrang abgenommen hatte.

▲ Steve Redgrave feiert die fünfte Goldmedaille seiner Laufbahn als Mitglied des englischen Vierers ohne Steuermann, der Italien und Australien hinter sich ließ.

◀ *Ian Thorpe (Spitzname »Thorpedo«) auf dem Weg zur Goldmedaille und einem neuen Weltrekord über 400 Meter Freistil. Er holte im topmodernen Sydney Aquatic Center, dem »schnellsten Pool der Welt«, insgesamt drei Gold- und zwei Silbermedaillen.*

Jahrhundertleistungen

Unzählige Überraschungen prägten die Olympiade von Sydney. Beim 50-Kilometer-Einzelzeitfahren rechnete jeder damit, dass die amerikanische Radfahrlegende Lance Armstrong triumphieren würde. Doch dann verlor er gegen seinen engen Freund, den Russen Wjatscheslaw Ekimow. Alexander Karelin, ebenfalls Russe, der im Griechisch-Römischen Ringen 13 Jahre lang unbesiegt geblieben war, unterlag dem Amerikaner Rulon Gardner. Die Deutschen Heike Drechsler (Weitsprung) und Birgit Fischer (Zweierkajak) aus Deutschland gewannen Gold gegen weitaus jüngere Gegnerinnen. Birgit Fischer hatte 20 Jahre zuvor schon einmal olympisches Gold gewonnen. Zu den besten Schwimmern zählte die Niederländerin Inge de Bruijn, die drei Goldmedaillen und eine Silbermedaille holte.

MEDAILLENSPIEGEL	G	S	B
USA	39	25	33
Russland	32	28	28
China	28	16	15
Australien	16	25	17
Deutschland	14	17	26
Frankreich	13	14	11
Italien	13	8	13
Niederlande	12	9	4
Kuba	11	11	7
Großbritannien	11	10	7

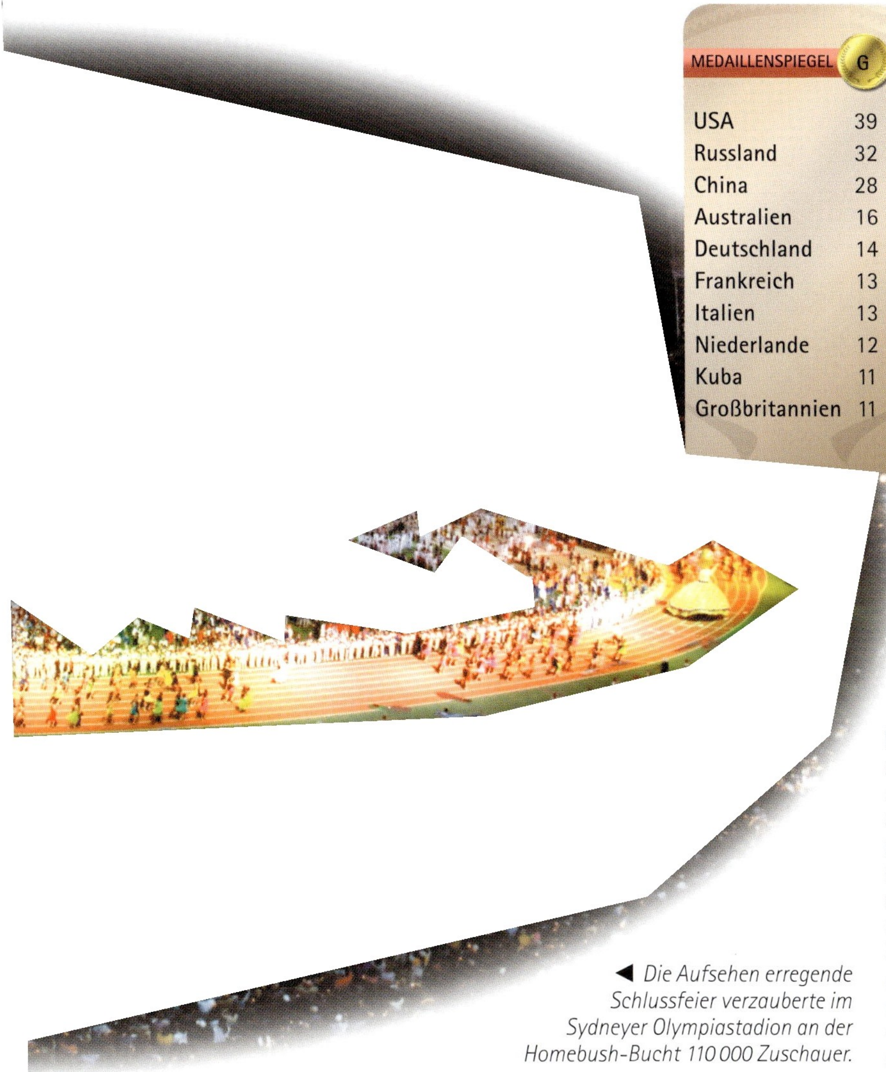

◀ *Die Aufsehen erregende Schlussfeier verzauberte im Sydneyer Olympiastadion an der Homebush-Bucht 110 000 Zuschauer.*

▶ *Die Amerikanerin Annet Davis und die Australierin Sarah Stratton kämpfen beim Beachvolleyball der Frauen um einen Punkt. Der Wettbewerb wurde am weltberühmten Bondi-Strand von Sydney abgehalten.*

Tolle Debüts

Der englische Ruderer Steve Redgrave holte seine fünfte Goldmedaille in seiner ebensovielten Olympiade und stellte damit einen neuen Rekord auf: Noch nie hatte das jemand in einer Ausdauersportart geschafft. Kolumbien durfte mit dem Sieg der 35-jährigen Maria Isabel Urrutia im Gewichtheben der Frauen seine erste Goldmedaille überhaupt feiern. Das Gewichtheben der Frauen stand bei einer Olympiade zum ersten Mal auf dem Programm, ebenso wie Synchronspringen, Stabhochsprung der Frauen, Triathlon und Taekwondo. Beim Taekwondo holte der südkoreanische Meister Kim Kyong-Hun Gold im Schwergewicht.

Konkurrenzkämpfe

Die Geschichte der Olympischen Spiele ist gespickt mit spannenden Konkurrenzkämpfen zwischen Spitzenathleten, Topmannschaften und erfolgreichen Nationen. Hin und wieder enden heftige Auseinandersetzungen in Streit und Zwietracht. Meist aber bleiben sie im Rahmen der sportlichen Fairness und stacheln die Olympioniken zu Höchstleistungen an.

▲ *Daley Thompson aus England (links) und Jürgen Hingsen aus Deutschland (rechts) kämpften heftig um die Vorrangstellung im Zehnkampf und trieben sich gegenseitig zu immer neuen Höchstleistungen an. Thompson holte 1980 und 1984 Gold.*

▼ *Der Wettstreit zwischen den Langstreckenläufern Haile Gebrselassie (links) und Paul Tergat (rechts) hat für aufregende Rennen und tolle Finale gesorgt. Zweimal holte sich Gebrselassie knapp die olympische Goldmedaille und verwies seinen Konkurrenten auf den Silberrang.*

Die Zehnkämpfer

Der Zehnkampf wurde Anfang der Achtzigerjahre vom englischen Athleten Daily Thompson und einem Trio aus Westdeutschland (Guido Kratschmer, Siggi Wentz und Jürgen Hingsen) beherrscht. Thompson und Hingsen stellten reihenweise neue Weltrekorde auf. Nachdem Thompson 1980 olympisches Gold geholt hatte, trat er in Los Angeles gegen einen Hingsen an, der gerade den Weltrekord gebrochen hatte. Beide Sportler stellten im Verlauf des Wettkampfs wiederholt neue persönliche Bestleistungen und Weltrekorde auf. Am Ende gewann Thompson mit einer Punktzahl, die später zu einem neuen Weltrekord aufgewertet wurde. »Eines Tages werde ich ihn schlagen, auch wenn ich dann vielleicht schon 80 bin,« witzelte Hingsen später. Der Konkurrenzkampf ging bis zur dritten gemeinsamen Olympiade der beiden in Seoul 1988 weiter, a[illegible] eine Verletzung Thompsons und die Disqualifikation Hingsen[illegible] beim 100-Meter-Lauf wegen dreier Fehlstarts führten dazu, dass keiner der beiden an frühere Leistungen anknüpfte.

Lächelnde Rivalen

Äthiopien gegen Kenia, Haile Gebrselassie gegen Paul Tergat: Diese beiden fochten einen der größten athletischen Konkurrenzkämpfe im Langstreckenbereich aus. Zwei der spannendsten Treffen zwischen den beiden fanden bei Olympischen Spielen statt, und zwar jeweils im 10 000-Meter-Lauf. Im Jahr 1996 schlug Gebrselassie Tergat nur um Haaresbreite. Ein Jahr später nahm Tergat Gebrselassie den Weltrekord über 10 000 Meter ab. Dennoch ging Gebrselassie im Jahr 2000 in Sydney als Favorit an den Start. In einem dramatischen Endspurt lag Tergat noch bis zum allerletzten Moment vorne – doch dann schob sich sein Erzrivale an ihm vorbei. In dem Rennen, das 27 Minuten gedauert hatte, lagen zwischen dem Sieger Gebrselassie und dem Silbermedaillengewinner Tergat ganze neun Hundertstelsekunden!

▲ *Die US-Basketballer feiern nach dem Endspiel von 1972 irrtümlich ihren Sieg. Doch die Sowjets schnappten den Amerikanern in letzter Sekunde den Sieg vor der Nase weg. Die Silbermedaillen, die die Amerikaner nicht annehmen wollten, liegen immer noch beim IOC in einem Safe.*

Rivalisierende Mannschaften

Große Konkurrenzkämpfe gibt es auch zwischen Teams. Die kubanischen und amerikanischen Boxer kämpfen seit Jahren heftig um die Vorherrschaft. Genauso sieht es zwischen den Hockeyteams aus Indien und Pakistan und den Gewichthebermannschaften aus Griechenland, der Türkei und Bulgarien aus. Im Schwimmbecken heißen die Rivalen oft USA und Australien. Die Wurzeln dieses Wettstreits reichen bis in die Zwanzigerjahre zurück, als der Amerikaner Johnny Weissmüller viele Wettbewerbe gewann. Seither belegten die beiden Nationen neunmal die ersten beiden Plätze im Schwimmen.

Man kann's auch übertreiben ...

Manchmal endet ein Wettstreit in offener Feindschaft. Als 1996 die kubanischen Volleyballerinnen die Brasilianerinnen geschlagen hatten, gerieten die Teams aneinander. Auf dem Höhepunkt des Kalten Krieges, im Jahr 1972, waren im Basketballendspiel zwischen den USA und der Sowjetunion nur noch wenige Sekunden zu spielen. Die USA lagen mit nur einem Punkt vorn, da entspann sich ein Streit darüber, ob die Sowjetunion eine Auszeit beantragt hatte oder nicht. Das Spiel wurde mehrmals neu begonnen. Genau zur Schlusssirene erzielten die Sowjets den Siegtreffer. Die Amerikaner weigerten sich daraufhin, ihre Silbermedaillen anzunehmen.

Widrigkeiten zum Trotz

Jeder Olympiateilnehmer muss eigene Zweifel und Ängste überwinden, seinen Körper bis zur Grenze belasten und seine Konkurrenten besiegen, um einen der heißbegehrten Plätze auf dem Treppchen einzunehmen. Einige Sportler hatten aufgrund von Krankheiten, Verletzungen oder anderen Widrigkeiten noch höhere Hürden zu überwinden als andere, um ihr Ziel zu erreichen.

▲ *Ein Jahr vor Sydney verletzte sich der französische Sportschütze Franck Dumoulin bei einem Motorradunfall so schwer, dass er im Rollstuhl sitzen musste. Im Luftpistoleschießen in Sydney holte er Gold.*

▶ *Wilma Rudolph fügte 1960 der Bronzemedaille, die sie 1956 mit 16 Jahren in der 4x100-Meter-Staffel geholt hatte, drei Goldmedaillen hinzu. Ihre anmutige Schnelligkeit brachte ihr den Spitznamen »Schwarze Gazelle« ein.*

Ein mühsamer Aufstieg

Einige Spitzensportler hatten als Kinder mit schweren Krankheiten oder Behinderungen zu kämpfen. Die ungarische Fechterin Ildiko Ujlaki-Rejto ist beispielsweise taub auf die Welt gekommen. Beim Training mussten ihr die Betreuer immer alles aufschreiben. Trotz alledem wurde sie eine Weltklasse-Fechterin, nahm an fünf Olympiaden teil (1960-1976) und gewann insgesamt sieben Medaillen. Die amerikanische Sprinterin Wilma Rudolph bekam mit vier Jahren Lungenentzündung und Scharlach. Es blieb eine Lähmung zurück; die Ärzte meinten, sie werde nie wieder gehen können. Doch sie lernte sogar zu rennen – und zwar rekordverdächtig schnell. Sie war die erste Frau, die die 200 Meter unter 23 Sekunden lief.

▼ *Die Dänin Lis Hartel, die nach einer Kinderlähmung gehbehindert war, gewann 1952 und 1956 Silber im olympischen Dressurreiten – obwohl sie aufs Pferd hinauf- und von diesem herabgehoben werden musste.*

Bewundernswerte Comebacks

Nach schweren Unfällen und Krankheiten haben einige Olympioniken ein erstaunliches Comeback geschafft. Ein gutes Beispiel ist der Ungarn Oliver Halassy. Er verlor bei einem Straßenbahnunfall einen Unterschenkel. Dennoch trat er im Wasserballwettbewerb an und gewann mit der ungarischen Mannschaft 1936 Gold. Der amerikanische Radfahrer Lance Armstrong erfuhr 1996, dass er lebensgefährlich an Hodenkrebs erkrankt war. Er gewann nicht nur den Kampf um sein Leben, sondern siegte 1999 und 2000 bei der Tour de France; außerdem gewann er 2000 in Sydney Bronze im Einzelzeitfahren.

Kip Keino

Kipchoge »Kip« Keino, ein eher unbekannter Läufer aus Kenia, litt an Gallensteinen, als er 1968 nach Mexico City kam. Im 10 000-Meter-Lauf lief er an der Spitze mit, als er zwei Runden vor Schluss mit Höllenschmerzen zusammenbrach. Er stand wieder auf und beendete das Rennen, wurde allerdings später disqualifiziert. Vier Tage später holte er über 5000 Meter Silber. Immer noch von Schmerzen geplagt, stieg er am Tag der 1500-Meter-Entscheidung erst spät in einen Bus zum Stadion ein. Der Bus geriet in einen Stau. Keino musste aussteigen und die restlichen zwei Kilometer im Laufschritt zurücklegen. Er kam gerade noch rechtzeitig an. Den Lauf ging er mit hohem Tempo an, um dem Favoriten Jim Ryun aus Amerika den erwarteten starken Schlussspurt zu vereiteln. Zum Erstaunen aller hielt Keino sein hohes Tempo durch und gewann mit einem satten Vorsprung von 20 Metern Gold.

◀ *Jim Abbott war 1988 der Starwerfer des US-Baseball-Teams. Abbot, der ohne rechte Hand auf die Welt gekommen war, trug zum Werfen rechts einen Baseball-Handschuh (den sonst nur Feldspieler tragen). Nach dem Wurf zog er ihn sich über die linke Hand, um Bälle zu fangen. Abbott wurde später Profi.*

◀ *Kip Keino 1972 in München, wo er Gold im 3000-Meter-Hindernislauf holte. Er hatte wenig Erfahrung in dieser Disziplin und nahm auf Verdacht daran teil.*

▼ *Der japanische Turner Shun Fujimoto brach sich im Wettbewerb die Kniescheibe, ignorierte aber die quälenden Schmerzen, um die Medaillenhoffnungen seiner Mannschaft nicht zu zerstören. Er sagte niemandem etwas davon und nahm nicht einmal Schmerzmittel.*

Einer für alle, alle für einen

Manche Olympioniken opfern sich jenseits der Schmerzgrenze für ihre Mannschaft auf. Im Jahr 1936 stürzte der deutsche Reiter Konrad von Wangenheim vom Pferd und brach sich das Schlüsselbein. Dennoch ritt er weiter und verhalf trotz eines zweiten Sturzes am Tag darauf seiner Mannschaft zur Goldmedaille. Im Jahr 1976 brach sich der Japaner Shun Fujimoto mitten im Bodenturnen die Kniescheibe. Um seiner Mannschaft willen absolvierte er das Seitpferd mit einer 9,5. Dann kamen die Ringe, an denen er als Abgang einen dreifachen Salto hinlegte. Für die Wertungsrichter biss er bei der schmerzhaften Landung die Zähne zusammen; kurz darauf brach er zusammen. Die 9,7, die Fujimoto an den Ringen bekam, war nicht nur die beste Wertung, die er je an diesem Gerät erzielt hatte – sie trug auch entscheidend dazu bei, dass das japanische Team die Sowjetunion um 0,4 Punkte schlug.

Deutschland und die Olympischen Sommerspiele

Die beiden Weltkriege und die deutsche Teilung prägten im 20. Jahrhundert nicht nur die deutsche Geschichte, sondern auch die Rolle der Deutschen bei Olympischen Spielen. Nicht immer waren die deutschen Sportlerinnen und Sportler dabei, doch wenn sie an Olympia teilnahmen, hatten sie meistens auch ein Wörtchen bei der Medaillenvergabe mitzureden. Die Kanutin Birgit Fischer ist die erfolgreichste deutsche Olympiateilnehmerin aller Zeiten. In der ewigen Bestenliste der Olympischen Sommerspiele belegt sie den 13. Platz.

Deutsche Olympiamannschaften

Die Geschichte der deutschen Teilnahme an Olympischen Sommerspielen begann am 13. Dezember 1895, als in Berlin das »Komitee für die Beteiligung an den Olympischen Spielen in Athen« gegründet wurde. Es entsandte 1896 die erste deutsche Olympiamannschaft nach Athen, die gerade einmal aus 19 Sportlern bestand. Auch für die folgenden Olympiaden wählte jeweils ein Beteiligungskomitee eine Mannschaft für die Spiele aus; 1908 in London waren erstmals auch zwei Frauen dabei.

Die Olympischen Sommerspiele von 1916, die in Berlin stattfinden sollten, fielen wegen des Ersten Weltkriegs aus. Zu den Spielen von 1920 und 1924 in Antwerpen und Paris wurde Deutschland nicht eingeladen. Erst 1928 waren wieder deutsche Sportler bei einer Olympiade am Start: Der »Deutsche Olympische Ausschuss« entsandte 214 Olympioniken nach Amsterdam. 1936 nahmen an den Spielen im eigenen Land 348 deutsche Sportlerinnen und Sportler teil und belegten im Medaillenspiegel den ersten Rang.

Vereint, getrennt, vereint

Die Olympiaden von 1940 und 1944 fielen wegen des Zweiten Weltkriegs aus; 1948 war Deutschland von der Teilnahme an den Spielen in London ausgeschlossen. Am 24. September 1949 wurde in Bonn das »Nationale Olympische Komitee für Deutschland« ins Leben gerufen. In Ostdeutschland entstand 1951 das »Nationale Olympische Komitee der Deutschen Demokratischen Republik«. Das IOC erkannte es aber nicht an und forderte 1952 das NOK der Bundesrepublik auf, eine gesamtdeutsche Mannschaft nach Helsinki zu schicken. Da die DDR auf diese Art nicht dabei sein wollte, fuhren nur Sportler aus der Bundesrepublik nach Finnland. Im Jahr 1955 wurde das NOK der DDR provisorisch ins IOC aufgenommen, und 1956, 1960 und 1964 schickten die beiden NOKs eine »gesamtdeutsche Mannschaft« nach Melbourne, Rom und Tokio, die unter dem Kürzel »EUA« antrat (frz. »Équipe Unifiée d'Allemagne«). Ab 1968 gingen dann erstmals zwei getrennte deutsche Mannschaften an den Start: Nachdem das IOC im Jahr 1965 das NOK der Deutschen Demokratischen Republik als vollwertiges Mitglied anerkannt hatte, schickte es eine eigene Truppe nach Mexico City. Mit der Mannschaft der Bundesrepublik war ihr nur die Fahne (Schwarz-Rot-Gold mit Olympischen Ringen) und die Hymne (»Ode an die Freude«) gemein. In München war 1972 die Teilung dann vollkommen: zwei deutsche Teams, zwei Embleme, zwei Fahnen, zwei Hymnen. Den Spielen 1980 in Moskau blieb die Mannschaft der Bundesrepublik aus politischen Gründen fern. Im Gegenzug boykottierte die DDR 1984 die Spiele von Los Angeles. Wann immer die DDR bei einer Olympiade antrat, ließ sie die bundesdeutsche Mannschaft weit hinter sich. Die ostdeutschen Schwimmerinnen und andere Sportler genossen in ihrer Heimat hohes Ansehen und eine intensive Förderung.

Deutschland im Medaillenspiegel 1896 – 2000

Jahr	Ort	Rang1	Gold1	Silber1	Bronze1
1896	Athen	3	6	5	2
1900	Paris	7	4	2	2
1904	St. Louis	2	4	4	5
1908	London	5	3	5	6
1912	Stockholm	6	5	13	7
1928	Amsterdam	2	10	7	14
1932	Los Angeles	9	3	12	5
1936	Berlin	1	33	26	30
1952	Helsinki	28	0	7	17
1956	Melbourne	73	6	13	7
1960	Rom	43	12	19	11
1964	Tokio	43	10	22	18
1968	Mexico City	8/5	5/9	11/9	10/7
1972	München	4/3	13/20	11/23	16/23
1976	Montreal	4/2	10/40	12/25	17/25
1980	Moskau	-4/2	-/47	-/37	-/42
1984	Los Angeles	3/-4	17/-	19/-	23/-
1988	Seoul	5/2	11/37	14/35	15/30
1992	Barcelona	3	33	21	28
1996	Atlanta	3	20	18	27
2000	Sydney	5	13	17	26

1: GER Deutschland (1896-1952 und seit 1992) bzw. Bundesrepublik Deutschland; /: Deutsche Demokratische Republik (1972-1988); 2: nur Sportler aus der Bundesrepublik; 3: Gesamtdeutsche Mannschaft (EUA = Équipe Unifiée d'Allemagne); 4: Boykott; 5: Reiten in Stockholm

Die Tabelle basiert auf Angaben des IOC.

Erst nach der Wiedervereinigung ging 1992 in Barcelona wieder eine gesamtdeutsche Mannschaft an den Start – 483 Sportler aus Ost und West sorgten für eine regelrechte Medaillenflut und Platz drei in der Nationenwertung.

wurde 1979 in Duisburg mit 17 Jahren eine der jüngsten Weltmeisterinnen und nur ein Jahr später bei den Olympischen Spielen in Moskau jüngste Olympiasiegerin im Kanurennsport. In Los Angeles konnte sie aufgrund des DDR-Boykotts nicht antreten, doch bei den Olympischen Spielen 1988 in Seoul holte sie Gold im Kajak-Zweier und Kajak-Vierer sowie Silber im Einer. Nach einer längeren Pause gelang ihr 1992 ein Comeback in Barcelona: Sie holte sich den Olympiasieg im Kajak-Einer. In Sydney siegte sie im Vierer- und Zweier-Kajak und wurde damit zur erfolgreichsten deutschen Olympiateilnehmerin aller Zeiten. Sie beendete ihre Karriere und begann als Kanu-Bundestrainerin zu arbeiten. Im Oktober 2003 hat sie überraschend erklärt, dass sie in Athen noch einmal antreten möchte.

Die erfolgreichsten deutschen Medaillengewinner/-innen

Platz	Name	Lebensdaten		Sportart	Olympiaden	G-S-B
1.	Birgit Fischer	*25.02.1962		Kanusport	1980, 1988–2000	7-3-0
2.	Reiner Klimke	*14.01.1936	†17.08.1999	Reiten	1964–1988	6-0-2
3.	Kristin Otto	*07.02.1966		Schwimmen	1988	6-0-0
4.	Hans-Günter Winkler	*24.07.1926		Reiten	1956–1976	5-1-1
5.	Kornelia Ender	*25.10.1958		Schwimmen	1972–1976	4-4-0
6.	Roland Matthes	*17.11.1950		Schwimmen	1968–1976	4-2-2
7.	Isabelle Werth	*21.07.1969		Reiten	1992–2000	4-2-0
8.	Carl Schuhmann	*12.05.1869	†24.03.1946	Ringen/Turnen	1896	4-0-1
9.	Bärbel Wöckel-Eckert	*21.03.1955		Leichtathletik	1976–1980	4-0-0
	Nicole Uphoff	*25.01.1967		Reiten	1988–1992	4-0-0
	Ludger Beerbaum	*26.08.1963		Reiten	1988–2000	4-0-0
12.	Andrea Pollack	*08.05.1961		Schwimmen	1976–1980	3-3-0
13.	Renate Stecher	*12.05.1950		Leichtathletik	1972–1976	3-2-1
14.	Hermann Weingärtner	*24.08.1864	†22.10.1919	Turnen	1896	3-2-1
	Michael Groß	*17.06.1964		Schwimmen	1984–1988	3-2-1

Die Tabelle basiert auf Angaben des NOK.

Wir fahren nach Athen!

Nach dem etwas enttäuschenden Abschneiden der deutschen Athleten in Sydney (Platz 5 der Gesamtwertung) haben das NOK und der Deutsche Sportbund den rund 470 deutschen Athleten, die an den 28. Olympischen Sommerspielen in Athen teilnehmen, als Ziel Platz drei im Medaillenspiegel vorgegeben. Welche Sportlerinnen und Sportler in Athen vom 13. bis 29. August 2004 für Deutschland an den Start gehen, entscheidet sich in den Qualifikationswettkämpfen der einzelnen Sportarten, die zum Teil erst kurz vor der Olympiade stattfinden.

Die erfolgreichsten deutschen Medaillensammler

Die Stärken der deutschen Olympioniken liegen im Reiten, Schwimmen und im Bootssport. Doch auch im Radfahren, einzelnen Disziplinen der Leichtathletik, im Kampf- und Kraftsport haben deutsche Sportler bei Olympiaden oft gut abgeschnitten.

Die bislang erfolgreichste deutsche Olympiateilnehmerin ist Birgit Fischer. Sie wurde am 25. Februar 1962 in Brandenburg geboren. Mit sechs Jahren kam sie zum Kanusport und trat in den Verein »Stahl Brandenburg« ein, wo ihr Vater sie trainierte. 1975 besuchte sie die Kinder- und Sportschule im Internat des »ASK Vorwärts Potsdam«. Die Schulausbildung schloss sie 1982 mit dem Abitur ab. Ihr Jurastudium gab sie zugunsten des Leistungssports auf; später studierte sie aber Sportwissenschaft. Birgit Fischer

Olympischer Dauergast

Auf die meisten Olympiateilnahmen hat es bisher Jochen Schümann gebracht, gefolgt von Sabine Braun, Birgit Fischer und Monika Weber. Sechsmal hat der Segler Schümann schon seine Koffer für eine Reise zu den Olympischen Sommerspielen gepackt. Auch die Medaillenbilanz des 1954 in Berlin geborenen Diplom-Sportlehrers kann sich sehen lassen: Im Jahr 1976 wurde er in Montreal Olympiasieger in der Bootsklasse Finn-Dinghy, 1980 und 1996 holte er in Seoul und Atlanta Gold in der Bootsklasse Soling und in Sydney gewann er 2000 ebenfalls im Soling eine Silbermedaille.

Glossar

Amateur Ein Sportler, der einen Sport ohne Bezahlung ausübt. Die frühen Olympiaden standen nur Amateursportlern offen, doch heute dürfen auch Profis teilnehmen.

Anabole Steroide Substanzen, die das Muskelwachstum fördern. Im olympischen Sport sind sie verboten.

Apartheid Das frühere politische System in Südafrika, das die Trennung von Weißen und Schwarzen betrieb. Es wurde in den Neunzigerjahren abgeschafft.

Ausdauersportart Sportart wie z. B. Rudern oder Marathonlauf, bei der die Sportler über lange Zeit Leistung bringen müssen.

Auszeit Bei Sportarten wie Basketball oder Volleyball bezeichnet man so eine Spielunterbrechung, in der sich die Spieler ausruhen, mit ihrem Trainer die Taktik besprechen oder eine Auswechslung durchführen.

Boykott Die meist politisch begründete Weigerung eines Staates, an einer Veranstaltung wie den Olympischen Spielen teilzunehmen.

Demonstrationssportart Eine Sportart, die bei Olympischen Spielen nur vorgeführt wird, ohne dass Medaillen vergeben werden.

Disqualifikation Der Ausschluss eines Sportlers von einem Wettbewerb, oder, falls der Wettbewerb schon durchgeführt wurde, die Entfernung der Platzierung und Zeit bzw. Wertung des Teilnehmers aus der Ergebnisliste.

Doping Der Gebrauch von verbotenen Substanzen, die die Leistung eines Athleten steigern können. Die meisten Dopingmittel schaden der Gesundheit.

Dribbeln In Sportarten wie Basketball, Fußball oder Feldhockey den Ball durch wiederholtes schnelles Antippen mit der Hand, dem Fuß oder einem Schläger führen.

Elfmeterschießen Methode, mit der ein Fußballspiel entschieden wird, wenn es nach der Verlängerung immer noch unentschieden steht.

Fahnenträger Sportler, der bei der Eröffnungsfeier der Olympischen Spiele die Fahne seines Landes trägt.

Fehlstart Ein Fehlstart liegt vor, wenn ein Teilnehmer bei einem Rennen seine Startposition vor dem Startschuss verlässt. Das Rennen muss dann neu gestartet werden.

Fosbury-Flop Eine Hochsprungtechnik, bei der der Hochspringer die Sprunglatte rückwärts und mit dem Kopf zuerst überquert. Sie ist nach dem amerikanischen Athleten Dick Fosbury benannt, der sie entwickelte und 1968 in Mexico City perfektionierte.

Fotofinish Von einem Fotofinish spricht man, wenn ein Rennen so knapp ausgeht, dass Wettkampfrichter anhand eines Fotos vom Zieleinlauf, das automatisch ausgelöst wird, über die Vergabe der Medaillen entscheiden.

Freistil Im Schwimmen bedeutet Freistil, dass ein Teilnehmer den Schwimmstil, mit dem er einen Lauf absolvieren will, frei wählen darf. In der Praxis wählen die Schwimmer immer Kraulschwimmen, weil dies der schnellste Schwimmstil ist. Beim Ringen bedeutet Freistil, dass es, anders als im Griechisch-Römischen Ringen, erlaubt ist, die Beine des Gegners zu fassen, dem Gegner ein Bein zu stellen und die Beine aktiv zur Durchführung von Aktionen einzusetzen.

IOC Abkürzung für Internationales Olympisches Komitee. Das IOC organisiert die Olympischen Spiele und führt sie durch.

Kalter Krieg Die Jahrzehnte nach dem Zweiten Weltkrieg, die von politischen Feindseligkeiten zwischen den USA und der Sowjetunion geprägt waren. Der Kalte Krieg endete mit der Auflösung der Sowjetunion Anfang der Neunzigerjahre.

Kreisring Beim Diskus- und Hammerwerfen eine ebenerdige äußere Begrenzung des Wurfrings aus Eisen oder Stahl. Wenn ein Werfer auf oder über den Kreisring tritt, ist sein Versuch ungültig.

Künstlerischer Ausdruck Bei Sportarten wie dem Turnen die Originalität, Geschmeidigkeit und Anmut der Darbietung.

Kür Bei Disziplinen wie Geräteturnen oder Synchronschwimmen die Zusammenstellung von Bewegungsfolgen, die der Wettkämpfer nach eigenem Ermessen erstellt. Das Gegenteil von der Kür ist die Pflicht.

Merchandising Artikel, die anlässlich einer Veranstaltung verkauft werden, z. B. Andenken, Kleidung und Spielwaren.

Offizieller Person, die bei Olympia mit organisatorischen Aufgaben betraut ist.

Olympionike Teilnehmer an einer Olympiade.

Olympische Bewegung Die Gesamtheit aller Personen und Organisationen, die an der Veranstaltung und Förderung der Olympischen Spiele beteiligt sind.

Olympische Fackel Mit dieser Fackel wird das olympische Feuer vor Beginn der Spiele vom griechischen Olympia aus in die Gastgeberstadt gebracht.

Olympische Ringe Das Schlüsselsymbol der Olympischen Spiele. Es besteht aus fünf farbigen Ringen, die ineinander verschlungen sind. Jeder Ring steht für einen Kontinent, der an den Olympischen Spielen teilnimmt: Afrika, Amerika, Asien, Australasien und Europa.

Olympisches Feuer Das Feuer, das im Hauptstadion während der ganzen Dauer der Olympischen Spiele brennt.

Paralympionike Teilnehmer an den Paralympischen Spielen (Paralympics), den Olympischen Spielen für körperbehinderte Sportler.

Pflicht Bei Disziplinen wie Geräteturnen oder Synchronschwimmen die Zusammenstellung von Bewegungsfolgen, die dem Wettkämpfer vorgeschrieben ist. Das Gegenteil von der Pflicht ist die Kür.

Profi Ein Sportler, der für die Ausübung seines Sports bezahlt wird. Siehe auch Amateur.

Sponsoring Die Förderung von Sportlern oder Sportveranstaltungen durch Mittel aus der Privatwirtschaft.

Sprungbrett Ein biegsames Brett, mit dem Athleten beim Kunstspringen oder Geräteturnen Höhe oder Geschwindigkeit gewinnen.

Staffelrennen Ein Mannschaftsrennen. In der Staffelmannschaft übernimmt jeder Sportler eine Teilstrecke der Gesamtdistanz.

Staffelstab Ein kurzer Stab, der bei einem Staffelrennen von Läufer zu Läufer weitergegeben wird.

Startblock Vorrichtung, von der aus Sprintläufer und Schwimmer einen Lauf beginnen. Das Gerät, das in der Leichtathletik eingesetzt wird, kann der Läufer auf seine Bedürfnisse einstellen; es ermöglicht ihm, schnell auf Geschwindigkeit zu kommen.

Stoßbalken Beim Kugelstoßen etwa zehn Zentimeter hohe Begrenzung am vorderen Ende des Stoßrings. Wenn ein Kugelstoßer auf oder über den Stoßbalken tritt, ist sein Versuch ungültig.

Technische Schwierigkeit Bei Sportarten wie Turnen oder Wasserspringen: Der Schwierigkeitsgrad eines Programms, das von einem Sportler dargeboten wird.

Velodrom Stadion für Bahnradwettbewerbe, in dem sich eine mit überhöhten Kurven ausgestattete Radrennbahn befindet.

Verwarnung Wenn sich ein Geher nicht bestimmungsgemäß fortbewegt, verwarnt ihn der Gehrichter, indem er ihm ein gelbes Schild zeigt. Bei der dritten Regelverletzung wird dem Geher ein rotes Schild gezeigt; er ist damit disqualifiziert.

Vorlauf Ein Qualifikationsdurchgang in der frühen Phase eines Wettbewerbs.

Zielgerade Das letzte gerade Stück der Aschenbahn vor der Ziellinie, das in einem Rennen oder Lauf zurückzulegen ist.

Internetadressen

http://www.olympic.org
Homepage des Internationalen Olympischen Komitees (IOC). Die Seite bietet in englischer und französischer Sprache Informationen zu allen Olympiaden, berühmten Olympioniken und vielen Sportarten und Disziplinen, die bei Sommer- und Winterspielen auf dem Programm stehen.

http://www.athens2004.gr
Die offizielle Website der Spiele von 2004 in Athen. Hier findet man in englischer, französischer und griechischer Sprache aktuelle Nachrichten, Informationen zu den Sportarten, den Sportstätten und zu den Vorbereitungen hinter den Kulissen.

http://www.beijing-2008.org/
Die offizielle Website zu den Olympischen Sommerspielen 2008, die in Peking, der Hauptstadt Chinas, stattfinden werden. Information gibt es auf Englisch, Französisch und Chinesisch.

http://www.paralympic.org/
Der Internetauftritt des Internationalen Paralympischen Komitees mit Informationen (in englischer Sprache) über die Paralympischen Spiele und Ergebnissen vergangener Spiele.

http://www.specialolympics.org
Homepage der Special-Olympics-Bewegung, die sich für die sportlichen Belange von über einer Million geistig behinderter Menschen einsetzt.

http://www.iaaf.org/
Die offizielle Site (nur in englischer Sprache) der International Association of Athletics Federations (IAAF, Internationaler Leichtathletikverband), die weltweit Leichtathletikwettbewerbe veranstaltet. Das Internetangebot umfasst u. a. Weltranglisten und Übersichten über derzeit gültige Weltrekorde.

http://www.wada-ama.org
Die Homepage der Welt-Anti-Doping-Agentur (WADA) bietet in englischer und französischer Sprache Informationen über den Kampf gegen Doping im Sport, eine Liste von verbotenen Substanzen und Methoden sowie Einzelheiten über die jüngsten Testkampagnen.

http://www.perseus.tufts.edu/Olympics/
Mit einer umfangreichen Museumssammlung zu den alten Griechen bietet diese Website in englischer Sprache einen detaillierten und faszinierenden Einblick in die Olympischen Spiele der Antike.

http://www.nok.de/
Homepage des Nationalen Olympischen Komitees für Deutschland (NOK). Die Site bietet neben Informationen über das Komitee und seine Arbeit u. a. aktuelle Nachrichten und Pressematerialien, einen Kalender sowie Informationen über Athen 2004 und die Olympiabewerbung von Leipzig.

http://www.oeoc.at/
Website des Österreichischen Olympischen Comités (ÖOC), dem NOK Österreichs.

http://www.swissolympic.ch/
Homepage der Swiss Olympic Association (SOA), dem NOK der Schweiz.

http://www.olympiastatistik.de
Diese Seite bietet umfangreiche Statistiken zu den bislang veranstalteten Sommer- und Winterspielen sowie zu den Spielen des Altertums.

http://www.dsb.de
Der Deutsche Sportbund führt in die verschiedenen Bereiche des Sports in Deutschland ein und liefert auch Informationen zu den Olympischen Spielen.

Register